チートなタブレットを持って快適異世界生活

7

ちびすけ
CHIBISUKE

Illustration
ヤミーゴ

パーティ「暁」の仲間たち
ラグラー
ケルヴィン
カオツ
グレイシス
クルゥ
「暁」のメンバーの少年。耳にした者を操る「魔声」を持つ。
ケント
異世界に迷い込んでしまった本編主人公。タブレットに搭載された便利アプリに助けられ、異世界生活を楽しむ。
ライ
中級ダンジョンで出会った雷を使う使役獣。
ハーネ
風魔法を得意とする蛇系の魔獣で、ケントの使役獣。

チェイサー
フェリスとは旧知の仲。
特殊な黒い霧を操る。
リーク
植物を操るSランク冒険者。
ケントの料理の腕に
惚れこみ、慕うようになる。
フェリス
ケントが所属する
パーティ「暁」で
リーダーを務める、
美人エルフ。
CHARACTERS
登場人物紹介

行方不明の原因は……？

僕、山崎健斗《やまざきけんと》はある日突然、気が付くと異世界にいた。

どうしたものかと途方《とほう》に暮れたが、なぜか持っていたタブレットに入っていた様々なアプリのおかげで、快適に過ごせそうだということが判明する。

冒険者となった僕は、Bランクの冒険者パーティ『暁《あかつき》』に加入して、使役獣《しえきじゅう》を手に入れたり、魔法薬師《まほうくすし》の資格をゲットしたりと、楽しく過ごしていた。

この前は、暁のパーティメンバー全員で温泉旅行に行って羽を伸ばしたんだけど……そこでクルゥ君が攫《さら》われるという大事件が起きる。

そして、彼を取り戻すために、僕達はクルゥ君の実家へ向かった。

クルゥ君が今の暁にいる理由を知ったり、クルゥ君の兄妹であるクインさんやクリスティアナちゃんと協力して、後継者問題を解決したりした。

そんなクインさん達も、時々暁に遊びに来てくれるようになって、歳の近い友人が増えて嬉しいなんて思っていたんだけど……

ある日、ギルドに行くと、行方不明者《ゆくえふめいしゃ》が続出する『フィッミーの草原』のダンジョンの噂《うわさ》を聞いた。そのことをフェリスさんに伝えると、なんとそのダンジョンから、パーティメンバーのカオツさんとグレイシスさんが帰ってこないという事態が明かされる。

そして僕達は新たなトラブルにフリーズしたのだった。

「まぁ、まだカオツさん達が行方不明になったと決まったわけじゃないですもんね！」

僕は気を取り直すように、皆に向かって言った。

フェリスさんは頷《うなず》くと、腕輪をしている左手を顔の位置まで持ち上げた。

「あ……私、グレイシスとこれで連絡を取れるから、確認してみるわね」

そのまま腕輪に向かって話しかけるフェリスさん。

「もしも～し、グレイシス？」

『……』

「グレイシス？　カオツ？　私の声、聞こえないの？」

『……』

「ねぇったら！」

『……』

シーン。

腕輪からは一切何の反応もない。

フェリスさんが腕を下ろして困った表情になり、僕達も顔をだんだん引《ひ》き攣《つ》らせる。

僕達に心配をかけないようにしてくれたのか、フェリスさんが咳払《せきばら》いして言った。

「ふっ、ちょっと腕輪の調子が悪いだけよ！　こんな時に役立つ、すんごい魔法アイテムを持っているのよ！」

フェリスさんはポケットに手を突っ込んでゴソゴソと動かしてから、何かを取り出した。

そして、テーブルの上に広げて置く。

その場にいた暁のメンバー、ラグラーさんとケルヴィンさんも、テーブルに近づいてきた。

なんだ、これは？　と皆で額を突き合わせる。

それは端々がボロボロになっているだけの、ただの白い紙だった。

「なぁ、フェリス……この汚ねぇー紙はなんなんだ？」

ラグラーさんが眉を顰《ひそ》めて言った。

「ちょっ、失礼ね！　これはすっごく貴重な魔法道具なんだからね!?」

「すっごく貴重な魔法アイテムなのに、ポケットの中に入れているのか」

フェリスさんがラグラーさんに言い返している横で、クルゥ君は小声で突っ込みを入れていた。

その言葉はフェリスさんには聞こえていなかったようだ。

そのままラグラーさんに対して、ブツブツ文句を言っている。

その後も「全然そうは見えねぇ」と言うラグラーさんの言葉に僕が内心同意していると、フェリスさんが紙の上に手を翳《かざ》した。

「我は求む――『フィッミーの草原』にいる仲間の情報を」

フェリスさんが白い紙に魔力を流しながらそう問えば、何もなかった紙の中央に黒い文字が浮かび上がってきた。

その文字は丸っこく、どちらかと言えば可愛らしいものだった。

堅《かた》い雰囲気《ふんいき》で始まっただけに、その文字を見て僕は拍子抜《ひょうしぬ》けする。

【何が知りたいのかな～？】

文字だけでなく、浮かび上がってきた文があまりにフランクな語りかけ方だったことに、僕以外の皆も驚いていた。

そんな中、フェリスさんは特に気にした様子もなく、紙に向かって話しかける。

「私の仲間はそのダンジョンにいる？」

【いるよー！】

ひとまずカオツさん達の消息《しょうそく》が分かって、皆でホッとした。

「彼らと連絡が取れないんだけど」

【ダンジョン内の特殊《とくしゅ》な場所にいるみたいだからね。連絡は取れないよ】

「その場から彼らが無事に戻る方法は？」

【解放条件を満たすこと！】

「その解放条件とは？」

【ダンジョンの重大機密保持のため、これ以上は回答出来ないんだ〜。ごめんちょっ！】

おどけたテンションの返答に、フェリスさんが舌打ちする。

「じゃあ、最後に……二人は元気？」

【健康！　至福《しふく》〜！】

その回答を見た僕達は、ホッと安堵《あんど》の息を漏らした。

フェリスさんが紙から翳していた手を下げると、文字が消えてただの紙へと戻る。

「はぁ、ダンジョン内に二人がいるのは確定ね。行方不明っていうのも間違いなさそうだけど……特に危害を受けている様子はなさそうでよかったわ」

フェリスさんがそうまとめた後、ラグラーさんは首を傾げて尋ねる。

「まぁ、そうだけどよ……でも『至福』っていうのが分かんないな。なんだ？」

だけど、それに解答を出せる人はいなくて、物知りなフェリスさんも「……さぁ？」とお手上げの様子だ。

「分かるのは、ダンジョン内に囚《とら》われてるけれど困っている訳ではないってことね。何かグレイシス達にとって良いことが起きているとか……？」

その良いことが何か……さっぱり分からない。

皆揃って首を捻っていると、フェリスさんがため息を吐く。

「身に危険が迫っている場合は、はっきりそう教えてくれるようになっているけれど、逆に何も問題がない場合は、あんまり詳細な情報をくれないのよ……」

「でも、囚われているなら二人を早く助けてあげなきゃいけないのには変わりないじゃん」

いても立ってもいられない様子で、クルゥ君がフェリスさんに言うと――

「まぁ……助けにいきたいのは山々なんだけどね？　うーん……」

フェリスさんは、腕を組みながら眉間《みけん》に皺《しわ》を寄せる。

どこか歯切れが悪い。

「何かあるんですか？」

僕が尋ねると、フェリスさんは言いにくそうに口を開いた。

「実は……私、長期の依頼が明後日《あさって》から入ってるの。だから、カオツ達のところに行けないんだよね。パーティのリーダーとして、一度受けた依頼は、絶対にキャンセルが出来ないし」

「えぇーっ⁉」

「本当ですか⁉」

クルゥ君と僕が同時に驚愕《きょうがく》する。

だが、驚きはそれだけでは終わらない。

「あとさぁ～、まだ言ってなかったんだけど……クルゥも連れていくつもりだったから、依頼する時に私と連名にしちゃってて」

「は、はぁ～っ⁉　そんな話、聞いてないんだけど！」

クルゥ君が、さっきより一段大きな声を出す。

「ごめんごめん、今日クルゥが戻ってきてから話す予定だったんだけど……タイミングが被っちゃって言えてなかったのよね」

顔の前で両手を合わせて、ぺこりと頭を下げるフェリスさん。

僕としても、フェリスさんとクルゥ君の両方が来られないというのは困るけれど、既に他の依頼が入っているなら仕方ない。

冒険者は信頼で成り立っているし、一度受けた依頼を断るのはなかなか出来ないからね。

まぁ、ラグラーさん達がいれば、なんとかなるでしょう！

しかしそこで、フェリスさんとのやり取り中に、二人がやけに静かだったことを思い出す。

嫌な予感がした。

「ま、まさか……ラグラーさん達も依頼、なんてことは……」

俺がラグラーさんとケルヴィンさんの方を見れば、二人ともきまりの悪そうな顔をしている。

少しの沈黙《ちんもく》の後、ラグラーさんが勢いよく頭を下げた。

「す、すまん！　そのまさかなんだが……俺らも、フェリスと同じで長期の依頼が明日から入ってんだよ」

「う、嘘でしょ……」

僕は、自分一人だけしか残っていないという絶望的な状況に言葉を失う。

フェリスさんも、どうやらラグラーさんとケルヴィンさんを向かわせようとしていたみたいで、それが出来ないと分かった瞬間、慌て出す。

「ちょ、ちょっとこの状況をなんとかするために出掛けてくるわ！　皆は待ってて！」

一瞬顎に手を当てて考えた後、フェリスさんは僕達にそう言い残してから、家を出ていってしまった。

フェリスさんなら何か秘策があるのかもしれない。

そう思った僕達は、彼女が戻ってくるのを待つことにしたのだった。

それから二時間後――

「たっだいまぁ～！」

出ていった時より少し明るめのテンションで、フェリスさんが居間に戻ってきた。入ってきたのは、フェリスさんともう一人。

僕はその人の顔を見てから瞬《まばた》きする。

「あれ？　リークさんがどうしてここに？」

ニッコニコ顔のフェリスさんの後ろにいたのは、ギルドのスタッフで僕の料理友達でもあるリークさんだった。

僕がビックリしながらそう尋ねると、フェリスさんがリークさんの肩を叩きながら言った。

「それはこれから説明するわ。まずはまだ知らない皆のために……この人が、今回我がパーティ、暁の危機を救ってくださる助《すけ》っ人《と》その一である、リーク君よ」

助っ人……その一ということは何人かいるのだろうか？　ここには一人しかいないけど。

「よろしくお願いしますっす！」

リークさんが皆に挨拶した後、フェリスさんが経緯を説明し始める。

話を聞けば、どうやらフェリスさんはギルドに行って、グレイシスさんとカオツさんを一人で探しにいくことになる僕の護衛役を探してくれたらしい。

そこで彼女のお友達のギルマスさんをいろいろと脅《おど》し……ゲフンゲフン、いや頼み込んだ結果、手練《てだ》れのギルド職員であるリークさんを借りてきたんだとか。

彼女がそこまで話したところで、ラグラーさんとケルヴィンさんが待ったをかけた。

「いやいやいや、なんでケント一人で行くことがもう決まってるんだ？」

「そうだぞ、フェリス。グレイシスとカオツが行方不明になっているダンジョンに、ギルド職員がいるとはいえ、ケントを向かわせるのは危ないんじゃないか？」

フェリスさんがラグラーさん達にビシッと指を突きつける。

「現状、私達の中にケント君と一緒にダンジョンに行ける人がいないんだからしょうがないじゃない。それに心配しないで。リーク君はSランクの中でもかなりの実力者だし、特殊能力者でもある友達から、空間を繋ぐ道具を借りたから」

そう言ってフェリスさんがリークさんに目を向けると、彼はポケットからレザー製のブレスレットを取り出す。

「このブレスレットは、マスターが作った特殊な魔法道具っす。これに魔力を注げば、どんな特殊な状況下でも、どんな場所にいたとしても、マスターがいるギルドに戻って来ることが出来るっすね」

ブレスレットを渡された僕は、そのまま腕につける。

タブレットが変化したブレスレット、物を収納するための魔法腕輪、魔法薬師であることを証明するブレスレット、そして今リークさんから渡されたブレスレット。

いつの間にか、腕が装飾品《そうしょくひん》だらけになった。

まぁ、変形させたり、隠したり出来るからいいんだけど……

初めてこの世界に来た時、装飾品をたくさん身に付けている冒険者が多いように感じたけど、あれはオシャレというより必要なものを身に付けていたんですね。

そんなことを思い出していると、リークさんがポケットの中からはがきサイズの紙を取り出した。

「こっちは、『強制《きょうせい》帰還《きかん》魔法陣《まほうじん》』が書かれた紙っす。ダンジョンで行方不明者を見つけたら、これを使ってギルドへ戻すように言われてるんすよ」

話を聞くと、紙に刻まれた『強制帰還魔法陣』もギルドマスターさんが特殊能力を使って用意したものなんだとか。

ブレスレットと同じで、どんな所にいてもギルマスさんがいる場所の近くに転移することが出来る代物だと教えてもらった。

何よりすごいのは、普通なら魔法陣が発動出来ない場所であっても、ギルマスさんが作った魔法陣は、そういった制限など一切関係なく発動出来るらしい。

そして、リークさんは皆に向かって言葉を続ける。

「今回俺が来たのは、フェリスさんに頼まれたからってのもあるんですが……行方不明の冒険者が続出している件を解決するように、俺自身がマスターから命じられたってのもありまして」

話を聞くと、本当は一人で調査へ行く予定だったところに、僕のお守りがプラスされたようだ。

リークさんの足を引っ張ることになるんじゃなかろうか？　と僕は心の中で不安になった。

それを見透かしたように、フェリスさんが指をV字にしてこちらに向ける。

「大丈夫！　もう一人心強～い助っ人がいるから」

そう言えば……リークさんを紹介する時、フェリスさんがその一とか言っていたっけ。

「で、それはいったい誰なんですか？」

「ケント君は会ったことあるわ、チェイサーよ」

フェリスさんの言葉で、ちょっと陽気で赤い髪の美しい女性の姿が、僕の脳内に浮かんだ。

「チェイサーさん……って、フェリスさんの茶飲み友達の……あのチェイサーさんですか？」

「そうよ！」

「ねぇ……チェイサーって誰？」

僕とフェリスさんの会話を聞いていたクルゥ君が、首を傾げながら聞いてくる。

僕自身、まだ一度しか会ったことがないので、どう説明するか悩みつつ、「フェリスさんの友人で、一度だけお茶を飲みにいったことがあって……」なんてしどろもどろになりながら答える。

「本当にそんな人で大丈夫なの？」

クルゥ君は、僕の言葉を聞いた後、ちょっと失礼なことを言っていた。

「彼女の強さは……そうね、もしチェイサーがリーク君と戦ったら、リーク君を指先で転がせるくらい強いわよ」

フェリスさんがそう補足すると、リークさんが興味深そうに言った。

「へぇ～……それは一度手合わせしてみたいっすね」

「ん～、たぶんお願いすれば快《こころよ》く手合わせしてくれるとは思うけど、絶対にダンジョン内や周りに誰もいない状況ではしないことね」

「どうしてっすか？」

「リークさんはSランクの冒険者なんだから、フェリスの友達が怪我をしても大丈夫なようにってことじゃないの？」

クルゥ君がそう言えば、フェリスさんは違うと首を振る。

「その逆よ、クルゥ。なんていうか……彼女はケルヴィンと一緒で戦闘になると一切の手加減が出来ないのよね～。しかも持っている能力や使う魔法も殺傷能力が高いものがほとんどだし……だから、もしも手合わせをしたいと思ったら、Sランクの人が数人と治癒魔法が得意な人を揃えてから挑んでね。死なれても困るからさ！」

にっこりと笑って言うフェリスさんの言葉に、リークさんは苦い顔をした。

「Sランクを数人揃えるって……そんくらいの人数がいないと、その人を止められないってことっすね」

「そういうこと」

何はともあれ、僕の『お守り』役は、超絶強いチェイサーさんとSランク冒険者のリークさんがついてくれることでまとまった。

とても心強いです。

それから大人同士の話し合いの末、僕がダンジョンに行っても大丈夫という結論が出た。

そして、暁の代表として僕がダンジョンへ行くことが決定したのだった。

「それじゃあ、そのチェイサーさんとはどこで合流すればいいんすか？」

話し合いが終わり、一度ギルドに戻ることになったリークさんが、帰り際にフェリスさんに聞いた。

「チェイサーとは、ダンジョンに入ってから会ってもらうことになるわ」

「分かりました。それじゃあ師匠、出発の時になりましたら迎えに来るっすね」

「はい、よろしくお願いします」

僕が帰っていくリークさんに手を振っていると、フェリスさんから「師匠？」と不思議そうな顔をされた。

料理好きなリークさんと初めてダンジョンに行って以来、時々料理を教える僕をリークさんは、料理の先生という意味を込めて『師匠』と呼んでくれるのだ。

僕が名称の理由をそう説明すると、フェリスさんに納得された。

「なるほどね。あ、そうそう、ケント君。ちょっと手を出してもらえる?」

「手……ですか?」

不思議に思いながら右手を出すと、フェリスさんが僕の手の甲に自分の手を翳す。

「はい、終了~」

「……これは?」

顔の前に手を出すと、手の甲に黒い蝶《ちょう》の紋様《もんよう》みたいなものがあるのが見えた。

僕が気になって問えば、チェイサーさんを呼び出す――召喚陣のようなものだと教えてもらった。

それと一緒に、フェリスさんは黒い液体が入った小瓶を手渡してきた。

「ダンジョンに行ったら、瓶に入った液をその召喚陣にかけて。そうすれば、チェイサーがケント君のもとに召喚されるから」

「分かりました! あ、でも突然呼び出して大丈夫なんですかね? チェイサーさんの都合《つごう》とかは……」

預かった小瓶を腕輪の中に収納しながら、僕はフェリスさんに聞いた。

「その辺は大丈夫。ちょうど立て込んでいた仕事が終わったみたいだから、今は暇《ひま》だからいつでもどーぞって言っていたわ」

「それならよかったです」

そこまで話したところで、フェリスさんが俯《うつむ》きがちにこちらを見る。

「今回はケント君以外全員行けないってのが、とっても申し訳ないんだけど……」

「それはしょうがないですよ」

僕は顔の前で手を振った。

一度受けた依頼を断ること、それも断れないと言われた依頼を受けることの大変さは、僕も分かっている。

こういう契約は、自分の体調が悪かろうがパーティメンバーが危機的状況にあろうが、依頼をキャンセル又は依頼期間の延長を求めた瞬間から『依頼を完遂《かんすい》出来ないパーティ』のレッテルを貼られる。

そして一度でもそうした認識を受けると、それまで培《つちか》ってきたパーティとしての信頼や価値は大《だい》暴落《ぼうらく》してしまうのだ。

こっちの問題は、強力な助っ人と、なんと言ってもギルドマスターの助けもあるんで……なんとかなると信じたい！

「二人は僕が無事に助け出すので、皆さんも気を付けて行って来てくださいね」

僕は皆を元気にしようと、自分の胸を叩いてそう言った。

その言葉に、皆も頷く。

こうして、僕は暁の皆と離れて、グレイシスさんとカオツさんが囚われているダンジョンへ行くことになったのだった。

最強の臨時パーティ

皆が依頼に向かうのを玄関で見送った次の日の夕方頃。

暁にリークさんがやって来た。

夕食の時間帯だったこともあり、僕は最初にリークさんに食事を済ませたか聞いてみた。

「まだ食べてないっす！」

その言葉を聞いて、僕はリークさんに夕飯をご馳走《ちそう》しようと決めた。

リークさんがリクエストしたメニューを作ってあげると、大量にあった食事がほぼ全て彼のお腹に消えた。

そして食べ終わったタイミングで、リークさんが口を開く。

「師匠、例のダンジョンに行く前に、師匠の今の実力を知っておきたいんすけど」

「僕の今の実力……ですか」

「はい。師匠と一緒にダンジョンに行ってからだいぶ期間が空いてるっすからね。今、どれくらい戦えるのか知っておきたいんっす」

「なるほど……実力の確認は、剣での稽古《けいこ》とかですか」

「そうっすね」

そういうことなら、日々ラグラーさんやケルヴィンさんから同じような形でしごかれているから、慣れている。

でも、Sランクの人直々の手ほどきか……ちょっと怖いかも。

僕がそう身構えていると、リークさんがニコリと笑う。

「実力を見たいってのは、師匠に対する俺の護衛レベルを決めるためっす」

詳しく聞くと、もしもリークさんの中で一定基準の強さにないと思ったら、ギルドでのお仕事よりも僕の身の安全を優先するようにギルマスさんから言われているとの話だった。

「それって、僕がお仕事の邪魔になるんじゃないですか？」

僕がそう聞くと、仕事自体は他のギルド職員もダンジョンに向かっているから問題はない、と答えてくれた。

「まぁ、大丈夫っすよ。少し前の師匠の実力は見せてもらったことがあるっすけど、あの時点でも悪くなかったっす。もしさらに強くなっていたなら、俺が常時近くにいる必要もないっすからね！」

「あはは～、なるほど」

ということは、ちょっと前の実力だと完全に護衛が必要な存在だと認識されているのでは……それだと足手まとい以外の何ものでもない。

今回は暁からは僕一人だけ。自分の身は自分で守れるようにしないと。

「あの、それで……いつやりますか？」

「そうっすね、出来れば早めに……明日にでもダンジョンに行きたいんで、この後とかどうっすか？」

「分かりました。いいですよ」

流石に食べたばかりに激しい運動はよくないので、食後の休憩を少し挟んでから、僕はリークさんと外へ出た。

いつも皆で剣の稽古をする場所にやって来た僕達は、お互い少し離れたところに立った。

夕方を過ぎても空はまだ明るく、お互いの姿がしっかり見える。

「さてと……それじゃあ、どこからでもかかってこいっす、師匠！」

「よろしくお願いします！」

リークさんは、右手に剣を持ち、肩幅に足を広げて立っているだけのリラックスした状態だ。

でも少し見ただけで、まったく隙《すき》のない構えということが分かる。

僕個人の実力を知りたいという話だったので、今回は使役獣の力を借りないルールだ。

ハーネやライは僕達から離れて、お行儀《ぎょうぎ》よく座って観戦している。

ちなみに、リークさんは植物を自在に操る『魔植物使い《ましょくぶつつか》』としての能力は一切使わないと言ってくれた。

一方の僕は、使役獣以外なら魔法薬でもアイテムでも何を使ってもいいという話だ。

僕はお言葉に甘えて、深呼吸を一つしてから、さっそくタブレットのアプリ――『傀儡師《くぐつし》』を起動する。

このアプリは、選択した対象を自分の思う通りに動かせるというもの。自分に使えば、戦闘時の身体の動きが最適化されて、僕が考えるより早く、その場に合わせて自動で身体を動かす優れものだ。

起動した瞬間、僕の右手が動き出す。

魔法腕輪の中から、ケルヴィンさんから貰い受けた一振りの剣を取り出す。

「そんじゃ、始めるっす！」

僕が剣を鞘《さや》から抜くのと、リークさんの開始宣言が同時だった。

その瞬間、僕の足が地面を力強く蹴り、余裕の表情で立つリークさんに向かって、姿勢を低くしながら駆け寄る。

——周囲の視界が高速で流れていく。

僕の体は正面突破するように見せかけて、リークさんの間合いに入らないギリギリのところで、彼の後ろへと回り込んだ。一気に剣を振り下ろす。

ヒュンッと空気を切り裂く音と同時に、キンッと、剣と剣がぶつかり合う音が響く。

ふと自分の剣先を見れば、リークさんは立っていた位置から微動だにしていない。

剣を持っていた右手を少し動かしただけで、僕の攻撃を難なく防いでいた。

ここまでやったのに……マジっすか。

「おぉ、いい動きっすね！」

リークさんは僕の方を振り向いてそう言うと、回し蹴りを放つ。

僕の身体は両腕をクロスして攻撃を防いだが、凄い勢いで後ろへと吹っ飛ばされた。

飛ばされている途中でクルリと宙返りしてから、地面に足を着けて勢いを殺す。

リークさんから、十分な距離をとった。

ふと空中に浮かぶタブレットの画面を見れば、痛み止めと傷や骨折を治癒する魔法薬がガンガン消費されているのが見えた。

感触は軽く蹴られたような感じだけだと思ったけど、実際のダメージが酷《ひど》い。

それでも実力の半分も出していないんだろうな……

傷が癒えると、すぐに僕の体がリークさんへと向かっていく。

それから、リークさんに向かって一時間以上戦いを挑んでいたんだけど……

それ以降も大したダメージは与えられず、軽～くあしらわれただけだった。

『傀儡師』を使っても、いろんな魔法薬を使っても、僕はリークさん相手に手も足も出なかった事実に呆然とする。

リークさんが戦闘前と表情一つ変えずに、僕に声をかけた。

「ふむ……だいぶ日も落ちてきたんで、これで終わりにしますか」

「はい、ありがとうございました」

お礼を言ってから顔を上げると、リークさんは汗一つかいておらず、涼やかな表情をしていた。

僕も魔法薬のおかげで体力は回復しているけれど、リークさんはそもそも疲れがないといった様子だ。

これがBランク冒険者とSランク冒険者の違いかとガックリしていると、僕の近くに寄ってきたリークさんがニッコリ笑う。

「いやぁ～、師匠だいぶ上達したっすね！」

「……僕、上達してますかね？」

アプリのレベルは、以前リークさん達と――ギルド職員の皆さんとダンジョンに行った時から、一切上がっていないし、僕自身も……

不安そうにそう問えば、リークさんは強く頷く。

「成長してるっすよ！　師匠と何度かダンジョンに行って、動きを見てるっすけど……以前の師匠だと今よりももっと俺の攻撃をモロに身体で受けていたと思うんっすよね。なんつーか、動きが前よりも早く……滑《なめ》らかになった感じっす。それに、無理に相手に突っ込まずに、相手の呼吸や目の動き、一挙手一投足手足をちゃんと見ながら考えて動いてたっすから」

リークさんからのお褒めの言葉に、僕は照れてしまう。

確かにアプリのレベル自体は今までと変わらないけど、ラグラーさんやケルヴィンさん、それにカオツさんにしごかれ、依頼でダンジョンに何度も潜って魔獣や魔草と戦うことが多くなった。

短期間とはいえ、これらが自分自身の糧《かて》になっていたようだ。

アプリに頼った強さじゃないことが、本当に嬉しい。

「リークさん、僕の今の実力だとこれから向かうダンジョンでは通用しますかね？」

「そうっすね、これから俺らが向かうダンジョンはそんな凶暴《きょうぼう》な魔獣がわんさかいる場所じゃないし、今の師匠の実力があれば大丈夫だと思うっすよ。万が一があっても、かなり強いと噂のチェイサーさんやギルマスの助けもあるっす！」

僕はその言葉に勇気づけられ、足手まといにならないように頑張ろうと決意する。

「それじゃあ、ダンジョンに行く日にちを決めますか！」

「出来れば早い方がいいと思うんですが」

危害がないと聞いているとはいえ、何が起きているか分からないダンジョン内だ。

あまりカオツさん達を待たせるのもよくないだろう……

「そうっすね、俺はなるべく早くダンジョンに行くようギルドから言われているんで、明日の早朝からでも行けるっすね」

「分かりました、それじゃあ明日の朝でお願いします！」

「了解っす！」

こうして話し合いの末、明日の朝にリークさんが暁まで迎えに来てくれることになったのだった。

リークさんが帰った後、明日の朝食と数日分の弁当の準備を始める。

どれくらいダンジョンの捜索をするか分からないので、長期になることも考えて、食事は多めに作り置きしておくことにした。

ダンジョンでゆっくりと食事を作る時間があるか分からないから、作り立ての温かい状態を維持してくれる魔法バックの中に作ったものを詰め込んでいく。

自分とリークさんとチェイサーさん。あわせて三人分と、家でお留守番をするハーネ達の数日分の食事を作っていると、ライとハーネが僕の足元と頭上でグルグル回り出した。

《おいしそうなにおい！》

《たべたいな〜》

「これは今食べる分じゃないよ！」

僕がそう言うと、ライ達がガーン！　とショックを受けたような表情をする。

可哀想に思って、お肉や卵焼きなどの切れ端をあげたらライ達は満足したようで笑顔になった。

料理を終えた僕は、自室に戻って魔法薬の準備に移る。

少なくなった魔法薬の補充や、お店に卸《おろ》す分の魔法薬の調合を始めた。

お店用の魔法薬は、全て調合し終えたら瓶を専用の『魔法箱《まほうばこ》』へと詰めていく。

この魔法箱は便利なことに、お店ごとに専用の魔法陣が刻印《こくいん》されていて、出来た魔法薬をその箱の中に詰めて蓋を閉めると、その瞬間に指定のお店へ送ってくれるのだ。

依頼があったお店の箱に魔法薬を詰め込んで、無事送られたのを確認し終えてから、僕はふぅっと息を吐き出す。

ハーネとライを撫でることで癒されながら、明日のことを考えるも……考えてもどうしようもないということで、早めに寝ることにしたのだった。


――翌朝、約束した時間に家を出ると、地面に魔法陣が浮かび上がっているのが目についた。

「師匠、おはようございます」

「おはようございます、リークさん。今日からよろしくお願いします！」

魔法陣から現れたリークさんと朝の挨拶を交わす。

「準備はいいっすか？」

「はい、大丈夫です」

僕が頷くと、リークさんは指輪に手をかざして、中から魔法陣が刻印された紙を取り出す。

紙を地面に置いて呪文を唱えた途端、透き通った黄緑色の魔法陣が地面の上に出現した。

この中に入れば、目的のダンジョンに移動出来る。

僕はいったん家の方に振り向き、僕のことをじっと見ているハーネとライ、それから蜂の使役獣のレーヌ、エクエスに声をかける。

「皆、それじゃあ行ってくるね。お留守番よろしく！」

僕がそう言うと、皆はいってらっしゃーい！　と元気よく送り出してくれた。

リークさんが、僕達のやり取りを微笑ましそうに見てから僕を呼んだ。

「それじゃあ、行くっすよ」

「はい！」

輝く魔法陣の中に足を一歩踏み入れると――

視界が一気に変わり、ドドドドドッ！　という轟音《ごうおん》とともに細かい水しぶきが浴びせられる。

僕達が出てきたのは、滝の裏側にある洞窟《どうくつ》のような場所だった。

「うわっ、滝だ！」

「師匠、滝を見るのは初めてっすか？」

「あ、小さい頃に一度見たことはあるんですが、かなり遠いところから眺めるだけで……こんなに大きな滝を間近で見たのは初めてです」

僕が飛ばされる前の世界でも、そうそうお目にかかれるものではない大きさだった。

地球で見た滝は高さ七メートルくらいのものだったけれど、それよりもはるかに高さも幅もある。

ほぇ～と僕が圧倒されている間に、リークさんが歩き出す。

「師匠、このままここにいたらずぶ濡れになるっすよ」

その言葉を聞いて、僕は慌ててリークさんに付いていく。

歩きながらタブレットを出して『危険察知注意報《きけんさっちちゅういほう》』を起動した。

空中に浮かぶ画面を見て、危険なものがないか確認してみるが、今のところ特に反応はなかった。

光魔法を明かり代わりに手のひらに浮かばせて、暗い洞窟をしばらく歩いていると、リークさんが大きな岩が重なっている方へ向かっていく。

岩に何かあるのかな？　と思いながら一緒にそこへ近付くと、リークさんが岩の近くでしゃがみこんだ。

「ん〜っと、ここ……じゃなくて……あぁ、ここっすね」

辺りをキョロキョロ見回すリークさんに僕は問いかける。

「何を探しているんですか？」

「昔このダンジョンに来た先輩から、中層階に行く魔法陣をここら辺に刻んだって聞いたんすよ」

苔《こけ》が生えた洞窟の壁に人差し指を向けたリークさんは、呪文を唱えて壁の苔を火の魔法で焼き払う。焦《こ》げた苔を手で払えば、そこには手のひら大の魔法陣があった。

「師匠、これは移動用の魔法陣なんすけど……ギルド職員専用なんで、俺と手を繋いでいないと師匠がこの場に取り残されちゃうんすけど……」

「ぜひ、手を繋がせてください」

頬をかきながらそう説明するリークさんの左手を、僕はギュッと握る。

こんなところに一人で残されるなんて嫌です～。

「じゃ、また移動するっすね」

リークさんが笑いながら魔法陣を起動すると、複雑な文字が羅列されたそれが幾重にも重なりグルグルと回転し出す。

次の瞬間――僕達は真っ暗な洞窟の中から、薔薇《ばら》やチューリップ、ライラックやブルースターが咲き誇る花畑のような場所に移動していた。
一、二歩進むと、地面に咲いていた花がユラユラ揺れながら空中に浮き始める。
色とりどりの花が足元付近や腰や顔の近く、頭より上の位置で静止した。

「うわぁ～、この花はなんで浮いているんですか？」

「花が空中に浮かぶこの現象は、ダンジョン内部を調べる専門家や学者が数百人以上訪れて研究しているみたいなんですけど、まだ誰一人として謎を解明出来ていないみたいっす」

「ほぇー、そうなんですね」

「……それにしても、ダンジョンに入ってから魔獣の気配が一切ないっすね」

「確かに」

「危険はなさそうだし、今のうちにもう一人の助っ人の方を呼んじゃいますか？」

「そうですね！」

僕は頷くと、フェリスさんにもらった黒い液体が入った瓶を腕輪の中から取り出す。

それから、蓋を開けて、右の手の甲にある紋様に液体をドバドバとかけると――手の甲にあった蝶の紋様がぺりぺりっと剥がれて、宙に浮いた。

まるで生きた蝶のようにヒラヒラと羽ばたく。

黒い蝶は、僕やリークさんの周りをしばらく飛び、少し離れた場所に行って空中で静止した。

蝶が止まると同時に、真っ黒な竜巻《たつまき》が地面から空へと噴出《ふんしゅつ》する。

「うわぁぁぁ!?」

「師匠！」

もの凄い風が僕の身体を直撃する。

リークさんが咄嗟《とっさ》に僕の体を掴んで押さえてくれたおかげで、ふっ飛ばされそうにならずに済んだ。

風の勢いがもの凄くて目を開けているのも辛い。

しばしのち、ピタッと急に風が収まったところで女性の声が聞こえてきた。

「ふぅ～。ようやく呼んでくれたわね。本当に暇で暇で……って、あら？　あなた達、どうしたの？」

『助っ人その二』であるチェイサーさんが、黒い竜巻があったところからこちらへ向かってくる。

そして、髪の毛をぐしゃぐしゃにしてお互い抱き付いている僕達を見て、不思議そうな表情をした。

いやいや、貴女のせいなんですが……

流石にそんなこと口に出せないけれど、僕は心の中でそう突っ込んだ。

四方八方に飛び散った髪を整え直してから、リークさんと一緒にチェイサーさんに挨拶をする。

「チェイサーさん、お久しぶりです」

「あら、ケント君。チェイサーお姉様って言ってくれてもいいのにぃ〜」

「あははは」

最初に出会った頃からお姉さま呼びを勧めてくるけれど、僕は『チェイサーさん』と呼ばせてもらいます。

チェイサーさんは頬に手を当ててウフフと笑ってから、リークさんに視線を移した。

「あら、こんな所でお仲間さんと会うなんて」

珍しそうに呟く彼女に、リークさんが自己紹介を始める。

「初めまして、ギルド職員のリークっす。今日は師匠――ケントさんの助っ人として同行してます」

「私はチェイサーデューイック・フィフィディレッチよ、よろしくね」

「ちなみにリークさん。チェイサーさんは『薬師協会』のトップでもあります」

「薬師協会の……って、あぁぁっ！」

僕の説明を聞いたリークさんが、チェイサーさんを凝視し始める。

それから驚愕したように目を見開いて、僕の肩を揺さぶってきた。

「師匠！　なんでこの人と知り合いなんっすか!?」

「え？」

突然大きな声を上げたリークさんに、チェイサーさんもポカンとしている。

「いいっすか、師匠。俺達魔族――特に冒険者稼業や裏の仕事をしている連中の間で、とても有名な人物がいるんっすけど」

「はぁ……」

「それが『微笑みの悪魔』と『天使の皮を被った悪魔』と言われてまして……その魔族とエルフに出会ったら速攻逃げろと言われるくらい恐れられてるんすよ」

「魔族から悪魔と言われるって……よっぽどすごい人なんですね」

「そうなんすよ。しかも腕っぷし自慢の奴らからっすよ？　その二人が歩いた跡は何も残らないとか……で、その二人の内の一人、『微笑みの悪魔』はあまり正体が知られていない『薬師協会の会長』をしているって噂があって……」

「え？　それって」

僕とリークさんがそろぉ～っとチェイサーさんの様子を窺うと、彼女はウフッと微笑んだ。

「あら、懐かしい呼び方を聞いたわね」

「ということは、もしかして『天使の皮を被った悪魔』って呼ばれているエルフっていうのは……フェリスさんですか？」

おそるおそる尋ねる僕に、チェイサーさんが頷く。

昔のこととはいえ妖精族の国を出禁になったエピソードは聞いたことがあったけど、魔族の人達からも恐れられるなんて、二人はいったいどれだけ暴れていたんだと苦笑した。

リークさんにも、『天使の皮を被った悪魔』の正体がフェリスさんだと伝えたら、「あのギルマスを脅すような人物だから、只者じゃねーとは思っていたっすけど」と、やけに納得した表情を浮かべていた。

「それで？　フェリスからはある程度話は聞いてはいたけど、もう少し詳しい状況を教えてもらえる」

中階層の中央部分に移動しながら、その道中でチェイサーさんがリークさんに話を振る。

「そうっすね……行方不明になってる冒険者のほとんどが実力ある人物達ってところまでは分かっ

ているっす。彼らが行方不明になっている場所は中層階から深層階だけみたいっすね」

「表層階には一切いないの？」

「はい。ギルドが派遣《はけん》した調査隊の調べによると、表層階にいた人物は全員無事だったとのことっす。中層階の奥深くから深層階にかけて、潜っていった人達が主にいなくなってるっすね。それから、行方不明者が出始めた頃から、魔獣をあまり見かけなくなったとも調査報告書に書かれてたっす」

「……なるほどね」

チェイサーさんは腕を組みながら、何か思い当たることがあるのか、ふむふむと頷いている。

「何か気になることでもあるんですか？」

「かなり昔に、今回このダンジョンで起きている状況と同じような話を聞いたことがあるのよね」

「本当ですか⁉」

「えぇ、その時は私も小さな子供で、曾祖母《そうそぼ》から聞いた話なんだけど……」

チェイサーさんの話によれば、彼女のひいおばあさんが子供の頃、ダンジョンに入った人が行方不明になる事件が起きたらしい。

その当時もかなり騒ぎになったけど、一カ月もしないうちに全員が無事に戻って来たとのことだ。

「ダンジョンで何があったんですか？」

「それが……魔獣と遊んでいたらしいの」

「「はい…………？」」

僕とリークさんが揃って首を傾げる。

「魔獣と遊ぶって……どういうことでしょう？」

「いやね？　私も詳しい話は分からないのよ。なにせ当時の曾祖母はちょ〜っとボケはじめていたから、私も夢物語程度にしか聞いてなかったし」

「なるほど……」

僕の問いに、チェイサーさんが肩を竦めながら答えた。

リークさんも少しでも情報を得ようと質問する。

「行方不明者を探す方法とかは聞いたりしてないんっすか？」

「そうね、曾祖母の話では探す方法というか『道』があった――みたいなことは言っていたと思うわ」

「『道』……っすか」

『道』がどんなものか分からないけど、いまのところその『道』以外にグレイシスさんとカオツさんを捜す手がかりがない。

まずは、三人でその『道』らしきものを見つけるところから始めることにした。

「あの、チェイサーさん」

「なぁ～に？」

僕が話しかけると、チェイサーさんが間延びした声で返事する。

「特殊なダンジョンって表層から中層に行くのには、『扉』のようなものを使わなきゃ移動出来ないじゃないですか」

「えぇ、そうね」

「仮に『道』も『扉』と同じようなものだとして……それを探す手がかりとかってあるんですか？」

「全てのダンジョンではないんだけど、一部のダンジョンでは『扉』を見つける方法が発見されているところもあるの」

「本当ですか⁉」

チェイサーさんは一つ頷くと、どこから取り出したのか、ハムスターのような動物を指先で摘まんで持ち上げた。

「これなんだけどね？」

そう言いながら、彼女はその小動物を見せてくれた。

チェイサーさんの話によれば、Sランク冒険者やギルドマスターしか行けないような上級ダンジョンの深層階、しかも奥深くにしか棲息しない超希少種で、『ココヤ』という魔獣なんだって。

ココヤは『扉』の近くに巣を作ったり、『扉』に寄っていく性質があるらしく、新しい『扉』を探したい場合はこの魔獣が役に立つそうだ。

「ふえ～……そんな魔獣を持っているなんて凄いですね」

「あぁ、この子は、友達と酒飲み勝負をした時に勝った戦利品なのよ～」

「えっ」

その友達というのが、リークさんの上司のギルドマスターと聞き、僕は稀少種の魔獣をとられてシクシクと泣くギルマスさんの顔を思い浮かべる。

「いい貰い物をしたわ～」と笑うチェイサーさんに苦笑いしつつ、ココヤが反応する方に向かって僕達はダンジョン内を進むことにした。

数時間ほどダンジョンを歩き続けたけれど、いつも入るダンジョンに比べて、全く魔獣が見当たらない。どちらかと言えば魔草がかなり多いような気がする。

とはいえ、油断は禁物だ。万が一、強力な魔物が現れた場合に備えて、腰に提げた剣の柄に手を置く。

ふと空中に浮かぶ画面を見ると――ちょうど二百メートル先に魔草の反応があった。でも、リークさんが左手の指を少し動かした瞬間に、その反応が跡形もなく消えてしまう。

隣を歩くリークさんは、特に魔草がいた方を見ていたわけでもなく、チェイサーさんと話しながら歩いているだけだ。

ここ数時間、リークさんとチェイサーさんは僕を交えて、いろんなことを話しながらのんびりとした感じで歩いているんだけど……

僕達の周囲に反応があった、危険度のかなり高い魔草を軽く手を振るか、指を動かすだけで瞬殺していた。

多分、二人が持つ魔法か特殊能力を使って排除しているのかもしれないんだけど……僕の出番が一切ない。

やることがないな、と思いながら、画面の上にある時計を見ると、お昼の時間が近付いていた。

「あの……お二人ともお腹は空いていませんか？　皆さんの分も食事を作ってきたので、お昼休憩にしませんか？」

僕がそう尋ねると、リークさんとチェイサーさんが凄く嬉しそうに首を縦に振る。

少し見晴らしが良い場所へと移動し、程よい大きさの石をテーブルや椅子代わりにして席に着く。

平べったい石の上にランチョンマットを敷き、その上に腕輪の中から取り出したお皿とコップ、四角い籠《かご》を並べた。それから籠の蓋を開けて、その中からいろんな食材を使ったバターロールサンドと、イタリアン風味の生春巻き《なまはるま》を大皿に並べていく。

「あら、初めて見る食べ物ね！　けど美味しそう！」

「師匠、いただきます！」

二人が料理を見て目を輝かせる。

今回僕が作ってきた一つ目の食べ物は、バターロールの中央に切れ目を入れてそこにいろんな具材を詰めたロールサンド。

ハンバーグや薄くカットしたトマトとレタスを挟んだものや、アボカドとエビをマヨわさびソースで和えたもの、ポテトサラダにハムとレタスの組み合わせや、焼きそばパンっぽいもの、など種類は豊富だ。いろんな味を楽しめると思う。

もう一つが生春巻き。生春巻きとはいっているけど、ライスペーパーの代わりに生ハムで巻いてある。具材はモッツァレラチーズとトマト、アスパラ、ベビーリーフが入っている。

そのまま食べても美味しいし、シーザードレッシングをつけて食べてもいい。

ココヤは、カシューナッツをあげたら一心不乱に齧《かじ》りついていた。

お気に召したようで良かったです。

「いただきます！」

それぞれが好きなものを手に取って口に運ぶ。

「おいしぃ！」

「スゲー美味いっす！」

もぐもぐ口を動かして絶賛するチェイサーさんとリークさんの言葉に、僕は照れてしまう。

「前回はあまり思わなかったんだけど……」

チェイサーさんが話している途中で、急に空中に浮かんでいた画面が真っ赤に染まった。

画面の端に、ウヨウヨと動く魔草の群れが映る。

かなり強い魔草の群れのようだけど、僕達がいるところからかなり距離がある。

すぐに襲われる恐れはないだろうけど……と口の中に入っていた食べ物をゴクリと飲み込む。

自分一人で戦ったら即死レベルの強さだけど、この二人と一緒に、『傀儡師』のアプリを使ってなら、僕も戦えるかも――

そう思っていると、チェイサーさんが口元をナプキンで拭いてから手を顔の前に持ってくる。

そして手のひらの上に黒い霧《きり》のようなものを浮かび上がらせると、ふぅっと霧に息を吹きかけた。

息を吹きかけられた黒い霧が、スウッとそこから空気中に溶け込むように消えてしまう。

僕は何が起きているのか首を傾げながら、画面に視線を向けた。

その瞬間――画面の右端から中央くらいまで占めていた魔草の群れが、もの凄い速さで消えていく。ものの数秒で魔草は駆逐《くちく》され、真っ赤な画面が通常のものへと戻った。

唐突な展開についていけず、画面を見ながら生ハム春巻きが入った口を動かしていると、リークさんが変な声を上げた。

「うぇっ!?　チェイサーさん、もしかして……あの離れていた場所にいた魔獣か魔草を一気にやったんっすか?」

「えぇ、ちょっと数も多そうで面倒な感じがしたから、この黒い霧で焼き払っちゃったわ。ちなみに魔獣じゃなくて魔草だったわね」

手のひらで黒い霧を弄《もてあそ》びながら、チェイサーさんはウフフと笑う。

どうやらチェイサーさんの手のひらの黒い霧は、彼女の特殊能力の一つらしい。

触れたら刃物のような鋭さがあり、炎のように熱い。

チェイサーさんの言葉に、リークさんは感心しきりだ。

「ほえ〜……俺でさえ魔獣か魔草のどちらかなのかも、全体の数も分からなかったのに……それを全て把握して対処したってことっすね」

「そういうこと」

「スゲーっす!」

Sランク冒険者でもあるリークさんが呆然とするレベルなんて……チェイサーさんは僕が想像も出来ないくらい、めちゃくちゃ強い人なんだな……

僕がそう思っていたら、テーブルの上に残っているパンや生ハム春巻きを見たチェイサーさんの視線がこちらへ向いた。

「フェリスから聞いてた通り、ケント君の食べ物を食べると疲れが少し取れた感じがするのと、なんていうか……魔力を潤滑《じゅんかつ》に身体全体に回せている気がするわ」

そしてキラリッと目を光らせた後、僕に向かって手を合わせる。

「ケント君！　お肌が綺麗になったり髪の毛の艶《つや》を増すものがあったら、ぜひお願いね♪」

それを聞いた僕は、先ほどの魔草撃退のお礼も兼ねて、自家製のアセロラジュースをプレゼントした。

この世界にも地球産のアセロラと味も効果も似ているものがあったので、暁ではそれをジュースにして出すことがあるんだけど……

フェリスさん達女性陣にかなり好評だったから、チェイサーさんにも喜ばれると思う。

リークさんも羨ましそうな顔でこちらを見てきたので、同じく瓶に入ったアセロラジュースを腕輪の中から取り出して渡した。

「このジュースは、そのまま飲んでもいいし炭酸やお酒で割っても美味しく飲めますよ」

僕がそう説明すると、二人とも大喜びしてくれたのだった。

食事を終えてから、僕達はまた手がかりとなりそうな『扉』や『道』を探し始めた。

再開してから二時間ほど経った頃、僕達はお目当ての『道』じゃないけど、深層階へと続く

『扉』を発見した。

歩いている途中、ココヤがチェイサーさんの手のひらから飛び降りたと思ったら、地面を走って少し先にある竹藪《たけやぶ》のような場所に向かっていった。

僕達がその後を慌てて追うと、ココヤは木と木の間を上手く走り抜けながら、一本の木の前で立ち止まる。

何をするのかと思えば——ココヤは、その木の前でパタリと倒れた。

まるで気絶をしたように倒れているココヤのもとにたどり着くと、僕はチェイサーさんにどういうことか尋ねたんだけど……

「さぁ？」

チェイサーさんは首を傾げただけ。

「え……？　いやいやいや、ココヤのこと、知ってるんじゃないんですか？」

「知らないわよ？　ただ『扉』の近くに行って倒れるってことくらいしか分からないわ」

最終的に、それだけ知ってればよくない？　とチェイサーさんから言われてしまった。

「まぁ……それもそうですね」

この不思議な光景を気にしつつも、僕は頷いた。

チェイサーさんが地面に倒れるココヤを掴んで手のひらに乗せてから、目の前にある木に手を当てる。

すると、木の表面が波打ち――『扉』が出現した。

チェイサーさんはいったん『扉』の中に入って、深層階へ向かう入口だということを確認してから出てきた。

「中層階でまだ見ていない場所を回ることにしましょう」

確かにここで深層階に行ったとしても、『道』が中層階に残っている可能性もまだある。

中層階を端から端まで歩くには丸二日以上かかるから、時間はかかるかもしれないけど……

地道に捜索しようと三人で話し合って、僕達は次の『扉』を探すために歩き出す。

それから歩き続けること数時間。空が暗くなってきたところで一日目は終了したのだった。

毛玉との出会い

やっぱり魔草には、他のダンジョン以上によく遭遇《そうぐう》したんだけど、かなり手強《てごわ》い奴が多くて、リークさん達の手を借りることが多かった。

代わりに、僕でも倒せるくらいのレベルの魔獣だったりした場合は、二人は魔草や魔獣の存在に気付いていても、僕に討伐《とうばつ》させるようにしていた。

そもそも、今回僕以外の二人は助っ人として付いてきてもらっているだけだ。

それはつまり、僕のレベルではどうしても倒せないような魔獣や魔草が出た場合に対応してもらうということ。

実際、二人も僕のレベルならなんとか倒せそうな相手であれば、あまり手を出さないようにしていたんだって。

僕としても、一人の冒険者として暁を代表してダンジョンに入っているから、守られるだけの存在としてここにいるわけじゃない。

頑張るぞー！　と心の中で決意して、『傀儡師』を起動させた後、僕は少し離れた場所にいる魔草へと走り出す。

今回倒す魔草は、僕の背丈くらいの大きさの木だ。幹の部分はヒョロリとした感じで細く、それと同じくらい細い枝が何本も不揃いに生えている。枝にはタンポポのような形の葉があって、その先には涙のような形状の袋が何個かぶら下がっている。

袋の中には、パチンコ玉くらいの大きさの種が満杯に入ってて、木に衝撃が加えられたり、近くに敵が通ったりすると袋が弾けて中の種が四方八方へと飛び散る仕組みだ。

種が飛び散るだけならば危険はないが、この魔草の種の表面は鋭い刃のようなもので覆われている。しかも、かなりのスピードで飛び出てくるので当たると全身血だらけになる。

種に当たってしまうと、含まれている微量の毒が身体を蝕《むしば》む。

解毒しなければ血が止まらず失血死してしまい、他の魔草や魔獣を引き寄せることになる厄介な植物だった。

走りながら視線だけを画面に向けて、『魔獣合成《まじゅうごうせい》』を一緒に起動させた。

これは魔獣や魔草の持つ特殊な力を一時的に自分やアイテムに付与出来るアプリだ。

僕は腕輪の中から魔草『リプサ』の棘《とげ》を取り出した。

これは砂漠《さばく》のようなダンジョンに棲息している魔草で、全く水分がないような場所でも育つ。

そしてこの魔草の不思議なところは、とにかく水分に敏感なことだ。少しでも水分を含んだものが近くにあれば、そこから全てを奪い取る勢いで吸い取って自分の中に貯め込む性質がある。

かなり注意しないと、カサカサのミイラにされちゃうから危険だけど、死んでしまえば素手で触っても大丈夫だ。

「『合成《シンセティック》』」

取り出した『リプサ』の棘を、剣の刀身部分に当てて合成する。

魔草を相手にする場合、炎系の魔草か魔獣を使えば焼き払うことによって簡単に討伐出来るんだけど、僕が今いる場所は草木が生い茂る地帯だ。

そんなところで炎系の能力を使って魔草を攻撃して、火がもしも周りに飛んだりしたら、辺り一面火の海と化してしまう。その影響を考えて、火ではなく、植物の水分を強奪する能力――植物の天敵の能力を使用しようと考えたのだ。

刀身が、透き通った水色のような色に変化して、ほんの少しだけ剣が重くなる。

グリップ部分を強く握り締めて、十体近くいる魔草のうち仲間と距離が一番離れている一体に向かって突撃していく。

足の速さを上げる魔法薬を使って走り、袋が弾けるよりも早く剣を振る。

「よっ……と！」

下から斜め上に剣を振り上げるようにして切り付けた瞬間、魔草の水分が剣に抜き取られた。

金属を引っ掻いた時のような不快な音を出して、魔草は一瞬で干からびてしまった。

僕の背丈くらいにあったはずが、半分以下の大きさになって萎《しお》れている。

仲間の魔草達がザワザワと体を動かして、一カ所に集まり始めた。

僕の身体はいったん魔草達から距離を取ると岩陰に隠れた。

それから腕輪から魔法薬が入った瓶を取り出して、魔草が固まって身を寄せ集めているところに、その瓶をポイッと投げつける。

瓶は弧を描くようにして飛んでいくと、ちょうど魔草が固まっている中央付近に落下――する前に、空中でガチャンッと割れる。

集まっていた魔草の数体が、瓶に反応して一斉に種を放ったからだ。

その後も襲い来る種の攻撃を岩の陰に隠れてやり過ごしながら、魔草達の群れを見る。

瓶の液体がかかった魔草の動きが鈍《のろ》くなっていた。

瓶の中身は、相手を異常に遅くさせる魔法薬だった。

岩の陰からヒョコリと顔を出して魔草の動きが遅いのを確認してから、魔草に向かって駆け寄って剣を振るっていく。

スパッと魔草を切り伏せて、最後の魔草の体に剣を突き立て終えると――討伐終了。

「ふぃ～っ」

息を吐き出しながら、僕は額の汗を拭った。

『傀儡師』のアプリを終了して、剣を鞘に納める。

「師匠、お疲れ様っす！」

「なかなか面白い戦闘をするのね～。あ、ちなみに……これ、貰っていってもいいかしら？」

離れていた場所で見ていたリークさんとチェイサーさんが、僕の戦いぶりを褒めてくれた。

チェイサーさんがこちらに近寄りながら、地面に干からびて落ちている魔草を摘まんで僕に尋ねる。

どうやらこの魔草は薬の材料になるようで、しかも数日かけて干すという作業をしなくていい分、理想の状態なのだとか……チェイサーさんはとても嬉しそうだ。

その後も魔草を討伐しながらダンジョン内を進む。

あっという間に、周囲が暗くなってきて、本日の捜索は終了となった。


それからダンジョンに入って四日が経った。

広い中層階を歩いたり、移動魔法を使ったりして『道』や『扉』の手がかりを探していたんだけど、ココヤの反応を見るに中層階には『道』はないとチェイサーさんが判断する。

そして今日、僕達は深層階の調査を始めていた。

花が多く咲く中層階と違い、深層階は濃い霧が立ち込める湿地帯《しっちたい》のようなところだった。

「……う～ん、ここは中層階よりさらに魔草も魔獣も少ないわね」

「そうっすね。ダンジョンでこんなに遭遇しないのは初めてっす」

深層階に着いてしばらく歩いていると、辺りを見回しもせずに二人がそう話し合っていた。

空中の画面をみれば凄く弱い魔草はいるけど、危険な存在の反応はない。

僕の場合は画面を見てるから、かなり広い範囲で外敵がいないことが分かるけど、二人はそういうのがなくても分かるんだもんなぁ。マジで凄い。

ちなみに、今回ココヤが見つけてくれた新しい『扉』の情報は、全てリークさんが地図に印を付けて、後ほどギルドに報告するらしい。

新しい『扉』が見つかることは、移動もしやすくなるし、ギルドとしても嬉しいことなんだとか。

「あら、この子がちょっとお疲れなようだから、少し休みましょうか？」

「あ、本当ですね」

チェイサーさんの手のひらに視線を向けると、ココヤが手足を伸ばしてぐでーっとしていた。

連日の移動で流石に疲れたらしい。

休憩出来るところを見つけてから、各々座る場所に防水シートのようなものを敷いて腰かける。

お疲れなココヤに好きな木の実をあげると、《ピィーッ！》と嬉しそうな声を出して、口袋の中いっぱいに木の実を詰め込む。

僕はその可愛い姿を見て癒されながら、二人に声をかける。

「皆さん喉は乾いてないですか？　爽やか系の飲み物を作ってきてあるので、もしよかったら飲みませんか？」

「「飲みたい！」」

チェイサーさんとリークさんが即答した。

腕輪の中からグラスを取り出して、そこに蜂蜜《はちみつ》とレモン汁を混ぜたものを入れてから、氷と炭酸水を注ぐ。

パチパチと鳴る炭酸の音に、チェイサーさんとリークさんが不思議そうな顔をしながら、グラスの中を覗き込む。面白い光景だった。

マドラーでよく混ぜて、ミントを入れたら『レモンスカッシュ』の完成だ。

二人は渡されたグラスを受け取ると、恐る恐るといった感じで口をつけてから顔を綻《ほころ》ばせる。

「師匠、なんすかこの飲み物は！」

「初めて飲むけど……口の中と喉がパチパチして不思議な感じね」

「中に炭酸水が入っているんです。今回は蜂蜜を入れて甘くしていますが、入れないでスッキリとした味わいを楽しむことも出来るんですよ」

僕の言葉に、二人が興味津々なリアクションを見せるので、『蜂蜜なし』の炭酸レモン水も作る。

作り方も教えてあげたら、二人とも喜んでくれた。

リークさんは蜂蜜入りの方が好きで、チェイサーさんは入れない方が好きだと言っていた。

ふと、チェイサーさんのお尻の横にいるココヤに目を向ける。

ココヤは先ほど僕があげた木の実をお腹いっぱい食べて、お昼寝しているところだった。

ココヤが起きていないと、行方不明であるグレイシスさんとカオツさんがいるであろう場所へと続く『道』を見つけられないため、しばらくこの場で休息することになった。

チェイサーさんは読書を始め、リークさんはこの四日間で得たダンジョン内での情報をギルドに報告するために書類に目を通している。

手持無沙汰《てもちぶさた》になった僕は、散歩がてら周囲を歩き回ることにする。

空中に浮かぶ画面を見たら魔獣や魔草は一切いないようだし、何かあれば『傀儡師』をすぐに起動すれば危なくはないはず。

二人に散歩に行ってくることを伝えると、チェイサーさんが「いってらっしゃーい」と手を振って送り出してくれた。

全身が霧で濡《ぬ》れないように、水分を弾く魔法薬を頭のてっぺんから足先までまんべんなく吹きかけながら、暁のメンバーのことを考える。

この場に過保護なラグラーさんやケルヴィンさんがいれば「あまり遠くにいくなよ」とか「足元に気を付けないと転ぶぞ」とか言われていたんだろうなぁ～。

そんな場面が簡単に想像出来てしまい、僕は歩きながらクスクスと笑う。

「……しっかし、凄い霧だよなぁ。先が全く見えないし」

タブレットの画面を見て、辺りを確認しながら歩いていく。

画面には僕の他にもチェイサーさんやリークさんがいる場所も表示されているから、帰る時に迷わずに済む。

ただ、いつもなら話し相手になってくれるハーネやライが近くにいないから、ちょっと寂しいなぁ……

そんなことを思いながら歩いていると、右側奥に生えていた草がガサガサと揺れ出した。

「ん？」

音がした方に視線を向ければ、あまり背丈の高くない草が動いている。

「なんだろう……画面を見ても反応はないし……動物かな？」

魔獣と魔草の反応が一切ないため、動物の類《たぐい》だろうと思っていると——

《キュ？》

草をかき分けながら、何かが飛び出してきた。

「……ほぁっ⁉」

目の前に来たのは、手乗りサイズほどの大きさで、きゅるんとした目にちっちゃな耳と手足、ふわっふわの丸いフォルムで、ポメラニアンのような姿をした超絶可愛らしい生き物だった。

僕の胸が高鳴る。

「うわぁ～！　めっちゃ可愛い！」

驚かせないようにゆっくりと近寄って、その生物の前にしゃがみ込む。

「どこから来たのかな～？　お父さんとお母さんは近くにいないのかな？」

人差し指をそーっと鼻の頭付近に差し出せば、クンクンと匂いをかいでから《キュキュゥ～》と鳴いた。

あまりの可愛らしさに胸を打たれて、そのまま人差し指で頭を撫《な》でる。

「色はロシアンブルーの猫っぽい色なんだね」

人懐っこい感じだったので逃げられないかと思って、そっと両手で包み込むように持ち上げる。

そのままにこにこしながら毛を撫でていると、僕のことをジーッと見つめていたポメちゃんが《キュン！》と再び鳴く。

そして僕の手のひらから下りると、キュンキュン言いながら、僕を先導するように振り向きつつ草っぱらの中に進んでいく。

「どうしたの？　そっちに何かあるの？」

しゃがんでいた姿勢から立ち上がってその後を付いていくと、少し進んだ先に大きな老木があるのが目に入った。

老木の根本まで行くと、毛玉の生物は体をプルプルと震わせる。

その後ろにある老木の表面が波打ったかと思えば、僕をすっぽり覆うくらいのサイズの白い光が溢れるように輝いた。

「なんだこれ？」

不思議に思ってその光に触れようと腕を伸ばすと……誰かが僕の手首をパシッと掴んだ。

「師匠、ちょ〜っとその光に触れるのは待った！」

「リ、リークさん？」

急に現れたリークさんに驚いていると、その後ろからチェイサーさんが顔を覗かせる。

「ケント君、ダンジョン内でこういうものに不用意に触れれば、思わぬ場所に飛ばされることがあるから気を付けないと」

厳重注意を受けてしまった。

「すみません……」

そして、どうしてここに来たのかを聞くと、僕の周囲に急に不可解な魔力が現れたのを検知したからとのことだった。慌てて僕を探しに来てくれたみたいだ。

「それにしても……何この可愛い生き物は〜♪」

チェイサーさんは、僕の足元にいるポメちゃんを見てキャーッと声を上げる。

それから両手で抱き上げて、毛玉に頬ずりを始めた。

「かわゆぃでちゅね〜」

見た目とのギャップが激しいと思ったけど、小さい動物とか好きなんだろうな。

隣にいたリークさんも、「めっちゃ可愛いっす」と言ってこの生物の頭を撫でていた。

《キュッキュキュ〜！》

謎の生物が嬉しそうに鳴くと、老木の表面にあった光が強くなる。

その時、突然チェイサーさんの肩でまったりしていたココヤが、逃げるようにして地面に飛び降りようとした。

すんでのところで、チェイサーさんに掴まれたけれど、ココヤは激しく抵抗するように暴れ出す。

僕とリークさんが首を傾げると、白い光とココヤを交互に見たチェイサーさんがポンッと手を打った。

「うん、どうやらこの光は探していた『道』のようね」

「えっ、そうなんですか？」

「どうして『扉』じゃなくて『道』だと分かるんっすか？」

「ココヤは『扉』の周囲を好んで、それ以外のものは嫌う性質なの。それで、ダンジョン内でこういう風に自然に発生する光や空間の歪《ゆが》みは『扉』のはずなんだけど……ココヤが近付くのも嫌がっているから『扉』じゃなくて『道』なんじゃないかなっていう推理をしたわけ」

「なるほど」

「それじゃあ、この光の先にグレイシスさんやカオツさん……行方不明者の人達がいるってことですか？」

「たぶんね」

光の中に入るかどうか一瞬迷ったけれど、ギルマスからもらった魔道具で何かあったらすぐにギルドに帰れることを思い出して、試しに中に入ることになった。

《キュキュゥ〜！》

皆で光の方へ顔を向けると、足元で毛玉の生物がぴょんぴょん跳ねてから、一番手で光の中へ飛び込んだ。

「それじゃあ私達も行きましょうか」

「はい」

「あ、じゃあまずは俺が入るっす！」

最初にリークさんが、ひょいっと光の中に入って消えていく。

その後に緊張しながら僕が光の中に入ると――『扉』の場合とは違い、白く淡い光の道のようなものが前方に広がっていた。

ドキドキしながら、僕も光の塊《かたまり》の中を進んでいたら――

少し前を歩いていたリークさんの姿が突然消えた。

魔獣の楽園

「っ……うわぁ〜！」

眩しくて閉じていた目を開けると、僕は目の前に広がる光景を見て驚きの声を上げる。

ふわふわもこもこな、ちびっこい小動物が木の枝や地上にたくさんいたからだ。

「なんだこれ〜、めっちゃ可愛いんですけど！」

「すげー光景っすね。こんなに魔獣の子供がいるの……初めて見たっす！」

「私も初めてだわ、それにこんなに小さい魔獣を見れるのは珍しいなんてものじゃないわ！　一生の内に見れる人が何人もいないと思う」

目をキラキラさせながら僕がそう言うと、リークさんもチェイサーさんも驚愕しながら応える。

チェイサーさんは僕の後ろからここへ入ってきたようだ。

二人は、親の魔獣がどこかにいないか真剣に辺りを探っている。

もし親の魔獣が凶暴だったら襲われることもあるから、警戒の意味もあるのだろう。

「はわぁ〜……ちっちゃいぃ」

少し前に進むと、背中に翼が生えた生後一～二カ月くらいの猫の赤ちゃんみたいな魔獣が、数匹重なり合うようにして茂みの中で寝ているのが目に入る。

他に確認出来るのも、子猫の赤ちゃんくらいの大きさの魔獣ばかり。

どうやらここは魔獣の赤ちゃんパラダイスのようだ！

「こういうダンジョンは他にないんですか？」

「こんなところがあるなんて初耳っすね」

猫っぽい魔獣の赤ちゃんを眺めていたリークさんにそう聞くと、そんな答えが返ってきた。

「戦闘能力が全くない魔獣の子供だけしかいないダンジョンがあるなんて、知られた時点で、いろんな冒険者やら違法密猟《みつりょう》者やらが溢《あふ》れるダンジョンになるでしょうね。だけど、こんなダンジョンがあるって知られていないのはなんでかしら」

チェイサーさんが話している途中で、僕は一つの結論に思い当たる。

「……あぁっ！　チェイサーさんのおばあさんのお話で、当時行方不明になった人達が魔獣と遊んでいたっていっていたじゃないですか。それから、このダンジョンに来る前にフェリスさんが『暁』のメンバーの状況を魔法道具で調べたら、『健康で至福』って出たんですよ。つまり……昔行方不明になった人達も、カオツさん達もこの赤ちゃん魔獣が溢れる場所に『道』を使って来たんじゃないでしょうか？」

もしここにいたとしたら――あの紙に表示された『至福』という言葉にも頷ける。

赤ちゃん魔獣が大きな口を開けて、欠伸《あくび》をする姿を見るだけで幸せな気持ちになる。

これはたぶん、ここのどこかにグレイシスさんとカオツさんもいるに違いない。

二人とも意外と小さいものとか可愛いものが好きだからな……

「もしかしたら、この場所には動物好き――魔獣だとしても、小さい赤ちゃんなら思わず可愛がっちゃうような人達だけが来れるんじゃないですかね？」

「なるほど……確かに普通の冒険者であれば、脅威になる前に始末しちゃおうと思ったりするっすね」

「それにこれほど小さければ、どんなに強い魔獣の種族でも簡単に倒せるわ。可愛がるより攻撃する方が大半かもしれないわね」

辺りを皆で見回しながら、この場所のことは迂闊《うかつ》に情報を流しちゃダメだなと認識した。

リークさんとチェイサーさんも僕が言おうとしたことを察してくれた。

「ギルドにも言わないんですか？」

念のため聞いたら、リークさんがあっけらかんと答える。

「一つくらい知らない情報があってもいいんじゃないっすか？　それに、俺が頼まれているのは行方不明者を探し出すことと、新しい『扉』があったら印を付けることだけっすから」

彼の言葉に僕が納得していると、リークさんが指示を出す。

「それじゃあ、ここからはヤバい魔獣もいなさそうっすから、いったん手分けして捜しましょう」

そして僕達に、ギルドへ直接送る魔法陣が描かれた名刺サイズの紙を数十枚ほど託してきた。

暁のパーティメンバー以外の冒険者を見たら、これで送還してほしいという話だった。

「そうね」

「はい」

チェイサーさんと僕は、リークさんの言葉に頷いた。

「じゃあ、何かトラブルがあった場合や捜し人が見つかった場合は、連絡を取るようにしましょう？　二人とも、左手を出してもらえる？」

僕とリークさんが出した左手首に、チェイサーさんが指先を当てると、そこに小さな黒い蜘蛛《くも》のような紋様が浮かび上がる。

「この蜘蛛に直接触れると、どんなに離れていても会話をすることが出来るわ。リークさんは大丈夫だと思うから、ケント君は何かあったらそれで教えてちょうだい」

「分かりました」

僕達はそれぞれ別々に別れて、この広いダンジョン内の探索を始めるのだった。

「うーん……気を付けて歩かないと赤ちゃん魔獣を踏んじゃいそうで怖いな」

チェイサーさん達と離れて、ダンジョン内をしばらく歩き続けながら僕はそう呟く。

足元にはちまちまと歩いている魔獣の赤ちゃんなどがいっぱいいるので、かなり慎重に歩かないといけない。危うく踏みそうになったり、蹴っちゃいそうになったりということが何回かあった。

空中に浮かぶ画面は魔獣だらけの表示になっている。

これだとカオツさん達を見つけるのも大変かもと思った僕は、画面の表示を『人間・獣人・魔族』と『仲間暁メンバー』に切り替えた。

これで、周囲にいる人の反応に瞬時に気づけそうだ。

検知する範囲を最大に広げると画面の一番端っこ——僕が今いるところからすっごい離れた場所にグレイシスさんとカオツさんの反応があった。

「……見つかってよかったぁ」

まずは一安心。この空間にいることが分かって、僕は息を吐いた。

あとは、この反応が表示されている場所に向かうだけだ。

「チェイサーさんには……二人と合流してから知らせようかな。今のままだとどうやって場所を知ったのか説明出来ないし……」

手首の蜘蛛を見ながらそう言いつつ、二人の方へと歩いていく。

本当は魔法薬や『魔獣合成』などでスピードを上げて、走りたかったんだけど……こんなにちっちゃい子達がわらわら足元に集まっているところを走り回れない。

まぁ、居場所は分かっているし、そんなに切羽詰まった状況でもないから、ゆっくり行こうかな。

「そんなことよりも、君……足の近くを歩いちゃ危ないでしょ」

さっきから僕の足元をちょろちょろと歩き回っているのは、この空間に来る入り口で出会った、あの毛玉っぽい魔獣——ポメラニアンに似ているからひとまずポメちゃんと名付けた——だ。

僕はしゃがみながら頭を突っつく。

「君、兄弟やお友達は近くにいないの？」

《キュキュ》

「あはは、指に顔をスリスリしちゃって可愛いなぁ〜」

どうやら僕は、このポメちゃんに懐かれたらしい。放っておくのも可哀想だし、踏んで怪我をさせるのも嫌なので、僕はポメちゃんを持ち上げて肩の上に置いた。

ちょんっと肩の上に乗ったポメちゃんは、ちいさな足で肩にしがみ付きながら僕の顔に体をぴとっとくっ付ける。愛《う》いやつめ。

画面を見ていると、離れた場所にチラホラと人の反応がある。

チェイサーさんとリークさんが向かっている方向以外にいる人達にまず会ってから、グレイシスさん達のところへ行くことにしよう。ちょっと遠回りになるけれど……

道中、人捜しをしつつ、タブレットの『カメラ』アプリで赤ちゃん魔獣をパシャパシャ撮って『情報《じょうほう》』アプリで確認する。

それで判明したのが、ここにいるほとんどの赤ちゃん魔獣は、どれも強力な魔獣の幼体ということだ。

テイムしちゃいましょうか！　なんて考えたりもしたけれど、ここにいる赤ちゃん魔獣のほとんどが、兄弟や仲間と仲良さそうにしてて、引き離すのがちょっと可哀想になったのでやめておいた。

この場所から出る時にテイム出来る子がいたらいいな、くらいで留めている。

「え～と、ここら辺に人がいる反応があったけど……って、あ！」

深い草木をかき分けながら進んだ先に、行方不明者を発見した。

「すみませぇ～ん！」

僕が手を振りながら声をかけると、頭や脚の上に赤ちゃん魔獣を乗せた少年二人がこちらを見る。

二人の少年は僕の声を聞いて顔を上げると、「あ、こんにちは」と挨拶をしてくれた。

やけに暢気《のんき》そうな反応を見てから、僕が事情を説明すると、二人して「そんなまさかぁ～！」と笑い出す。

どうやら自分達が行方不明者扱いだということを冗談だと思っているらしい。

二人の話を聞くと、彼らの感覚ではまだここに来て数時間しか経っていないんだとか。

信じてもらうために、僕は今日の日付を教えながら、リークさんから預かった紙を手渡す。

これを使えばギルドへ直行出来ることを伝えたところで、なぜか二人の顔が青くなっていった。

なんでも二人はここに依頼で来ていたらしく、目的のものを手渡す期日がもう迫っているとのことだった。

「やべー！」

「リーダーにボコされる！」

少年二人は名残惜《なごりお》しそうに赤ちゃん魔獣を撫でてから、移動魔法陣の紙でその場から消えたのだった。

帰る前に聞いていた少年達の名前を紙に記入しながら、僕は呟く。

「……うん、慌ただしく帰ったなぁ」

名前を聞いたのは、後で誰に会ったかをリークさんに伝えるためだ。

「よし、この調子でどんどん見える範囲の人達に声をかけて行こう！」

それから僕は画面の反応に従って、片っ端から人に会っては声をかけていくという流れを繰り返した。欠かさず名前もメモしていく。

そこまでは良かったんだけど……

なぜかグレイシスさん達の反応がある位置の近くにいっても遭遇することが出来ない。

「うーん？　この辺のはずなんだけどな……」

僕は首を捻るが、まったく理由が分からない。

途方に暮れながら、タブレットに目をやると、**『New!』**の文字がついた、見たことのないアプリの表示があった。

以前の僕なら顔面蒼白になる高額アプリだったけれど、収入が増えた今なら余裕である。

軽くポチッと押して使えるようにする。

アプリの内容は――


【New!　『魔獣・魔草との会話　Lv1』】

【『魔獣・魔草との会話』――魔獣や魔草と会話することが出来ます。Lv1では危険度の低いものしか会話が出来ませんが、レベルが上がれば上がるほど危険度の高い魔獣や魔草との会話が可能】


「へぇ〜、今まではハーネやライみたいに使役獣になった魔獣としか会話が出来なかったけれど、これからは使役獣以外の魔獣に……魔草とも会話が出来るのか！」

魔草と会話なんてしたことないから……ちょっと楽しみだ。それに、この魔草が多い空間なら役立つかもしれない。

レベルを上げた分だけ会話出来る対象の幅も広がるみたいだし、僕自身のレベルにもよるけど、ひとまず上げられるだけ上げてみよう。

課金していくと、アプリがLv４に到達した。

アプリによってレベルの最大値はそれぞれ違うんだけど、このアプリの最大は『Lv10』とのこと。

「アプリを解禁するだけでもかなりお金がかかったのに……これ、最大まで上げる時にどれだけお金がかかるんだろう」

……もしや億は超すんじゃなかろうか？　なんて想像をして寒気を覚えた。

「タブレット……恐るべし」

そう呟きつつ、画面の『魔獣・魔草との会話』を起動する。

近くに生えていた魔草と同じ見た目のアイコンが表示されたので、それをタップすると、**【会話可能】**という文字が出てきた。

それから周囲の魔草から声が聞こえ始める。

《誰か捜してる？》

「!?　あ、僕のパーティメンバーなんですけど、金髪の女性と赤髪の男性の二人組を見かけませんでしたか？」

《こっち、こっち》

まさか本当に魔草と会話が出来るとは……でも、これならグレイシスさん達を見つけられそうだ。

案内されている最中に、何でカオツさん達に反応があっても出会えないのかを魔草に聞いてみた。

どうやらカオツさん達のことを気に入ったダンジョンが、外から分からないように彼らを隠しているのだとか……このダンジョンが、棲息している赤ちゃん魔獣に優しく接する特定の人間を閉じ込めるのだと教えてもらった。

わさわさと揺れる魔草の案内に従ってダンジョン内をしばらく歩くと——

「グレイシスさん～、カオツさん～！」

なんとか二人と会うことが出来た。

実に、ほぼ二週間ぶりの再会だ。思わず僕は泣きそうになる。

二人の近くに走っていくと、僕を見たグレイシスさんとカオツさんが凄く驚いた表情をする。

「ケント君!?」

「ケント、お前……なんで一人でこんなとこにいるんだ？　誰かと一緒に来たのか？」

自分達が依頼で来ていたダンジョンに僕が一人で訪れたのが相当びっくりしたようだ。

ぎょっとした顔をしながら、カオツさんは辺りを見回す。

道中出会った人達と同じく、二人とも身体中に赤ちゃん魔獣をくっつけている。

どちらかと言えば、カオツさんの方が魔獣の赤ちゃんに好かれているのか、数が若干多かった。

見た目に反して、面倒見がいいから小さい子とかに好かれやすいカオツさんらしいなぁ、と僕はほっこりしつつ答える。

「皆、抜けられない依頼があって……ここには僕一人というか、フェリスさんのご友人とギルド職員の人の協力で来ました」

「何か問題でもあったの？」

きょとんとした顔でこちらを見るグレイシスさん。

「何かって……二人と全く連絡が取れなくて、行方不明になっていたから捜しにきたんです」

「はぁ？」

「あん？」

僕が説明するも、二人は不可解な表情をする。

この反応も、今まで出会った人達と同じ流れだ。

これまでにしていたものと同様の説明をすると、カオツさんが笑い出した。

「んな、ばかな！」

そんなカオツさん達を一瞥《いちべつ》してから、僕は手首にある蜘蛛でチェイサーさんを呼ぶことにした。

すぐに、何もない空間に黒い霧が集まったかと思ったら、突然その霧から声が響く。

「あら、もう見つけたのね」

周りに広がっていた黒い霧が中心部分に集まると、人の形を作っていき――チェイサーさんが僕達の前へ降り立った。

「こんなに広い場所でよく見つけられたわね、ケント君。あと数日はかかると思っていたわ」

チェイサーさんが感心した様子で、僕のもとへ近寄る。

カオツさんは、そんな彼女に「本当に……俺達が行方不明者扱いになってんのか？」と尋ねた。

まぁ、僕の話だけでは信じられないだろうけど、チェイサーさんの言葉なら信じざるをえないでしょう。

「えぇ、今あなた達は、少なくとも一週間以上は連絡も取れない冒険者としてギルドに登録されているわ」

「……マジかぁ」

どうやらカオツさん達の時間の感覚だと、ここに来てからまだ数時間しか経っていないらしい。

この辺の話も道中で会った冒険者が言っていた。

「なるほど、ここは時間の流れが地上とは違うみたいね」

チェイサーさんはそう言うと、こめかみ部分に人差し指を当てて、なにやらブツブツと話し始める。どうやら話の内容を聞く限り、離れているリークさんに報告しているようだ。

「あ、チェイサーさん！　報告のついでに、移動魔法陣の紙を渡した行方不明者の名前を控えたリストがあるので、リークさんにそれを伝えてもらえますか」

「いいわよ」

僕がそう言って名前が書かれた紙を渡すと、チェイサーさんは、その紙を魔法でリークさんの手元に送って、また会話を続けた。

「――はいはい、分かったわ……ケント君に伝えておくわね。ケント君、リークさんが、リストありがとうだって。それから、向こうはまだ行方不明者の捜索を続けるみたい」

「そうなんですね」

「私も乗りかかった船だから、少し手伝うつもりなの。だから、パーティメンバーの皆と一緒にギルドに戻るケント君とは、ここでお別れだわ」

そう言って手をひらひらさせるチェイサーさんに、僕は頭を下げた。

「チェイサーさん、フェリスさんの頼みとはいえ、ここまで付いてきてくださり本当にありがとうございました！」

「いいのよ～……それよりケント君、薬師として働く気はまだなぁ～い？」

以前もそんな勧誘を受けたことがあったけれど……まだ諦めてなかったのか、この人は。

僕は苦笑いをしながら首を横に振った。

「次こそはいい返事を待っているわ」

そう笑って去ろうとするチェイサーさんに、なぜかグレイシスさんがそろそろと近付いていく。

リークさんからもらった紙を使って帰ろうと思ったタイミングだっただけに、僕とカオツさんは揃って首を傾げた。

どうしたのか？　と二人で見つめていると、胸元で両手を握り締めて緊張した面持ちのグレイシスさんが声を上げる。

「あ……あの」

「ん？　私に何かご用かしら？」

「あ、はい……えっと、あの」

こんなに緊張して口ごもるグレイシスさんを初めて見た。

「あの！　小さい頃、あなたに助けていただいたことがあるんです！」

「え、本当？」

グレイシスさんの言葉にチェイサーさんは驚いたようだった。

グレイシスさんの顔をジーッと見つめることしばし――「あ、あの時の子ね！」と思い出したかのように手を叩いていた。

どうやらチェイサーさんは、グレイシスさんにとって命の恩人らしい。

かなり前にグレイシスさんと一緒に行った白い花畑に行ったことがあるんだけど……その時は変化形の魔法薬を常習している人にとって必要な魔法薬の原料となる、白い花の花粉集めが目的だった。そこで、実はグレイシスさんが魔族だということと、彼女の本当の姿を隠すためにもその花粉が必要なものだと聞かされた。

どうやらその花畑の場所を、それまで花粉がなかなか手に入れられずに困っていたグレイシスさんに教えたのがチェイサーさんだったらしい。

チェイサーさんとその時の状況を話した後、グレイシスさんは再度感謝の言葉を述べる。

「貴女に会って直接お礼をしたいと……ずっと思っていたんです！　あの時はありがとうございました！」

「そんな、いいのよ。同胞《どうほう》の、それも可愛らしい女の子が困っていたんですもの。助けるのは当然でしょう」

チェイサーさんの言葉に感動しているグレイシスさんの耳元で「そういえば、チェイサーさんってフェリスさんのお友達でもあるんですよ」とコソッと耳打ちする。

彼女はその言葉に「はぁ!?」と目を丸くする。

どうやらグレイシスさんにとっても初めて聞く話だったらしい。

フェリスさんのお友達の存在は知ってはいたが、「一度会ってみる?」と聞かれていても、興味が湧かず、面倒くさがって詳しい話を聞いていなかったとのことだ。

「一緒に行っていれば、もっと早く出会えていたのに！」

グレイシスさんは、過去の自分を思い返して悔しがっていた。

「ウフフ、いろいろと話したいこともあるけど、今はやることがあるから……また違う日にフェリスも交えてゆっくり話しましょ」

「はい！　ぜひお願いいたします」

チェイサーさんはグレイシスさんと会う約束をすると、次に会えるのを楽しみにしているとだけ言い残して、今度こそその場から消えてしまった。

チェイサーさんが去った後、カオツさんがボソッと言う。

「……今の女、魔族だろ」

「カオツさん、よく分かりましたね」

「なんつーか、魔族特有の魔力を感じた」

頭の上にトカゲの赤ちゃんのような魔獣を乗っけながらカオツさんが嫌な顔をして言った。

よく考えたら、今回このダンジョンに来た僕以外の四人――グレイシスさん、カオツさん、チェイサーさん、リークさんの四人は、いずれも魔族だ。まぁ、カオツさんは純粋な魔族と言うより混血のようなものだけど……

と、そんな会話をしている僕達の横では、グレイシスさんがいまだに悔しそうにしていた。

二人の中ではまだ数時間しか経っていないけど、地上ではかなりの日数が経っている。

そろそろこの場を離れないと外との時間差がどんどん広がってしまうので、早めにここを出ようという話になった。

「それじゃあ、帰りましょうか」

僕がそう言うと同時に、二人が赤ちゃん魔獣を地面に降ろした。それから、近くに赤ちゃん魔獣がいない場所に移動した僕の近くまでやって来る。

リークさんからもらった、ギルドへと戻る魔法陣が描かれた紙を使って、僕達三人はもふもふフワフワな赤ちゃん魔獣が溢れる空間から抜け出したのだった。


移動魔法陣の光が徐々に収まったことを感じ取って目を開けると——そこは見たことない部屋の中だった。

ここはどこだろう？　と辺りを見回していると、コンコンとノックする音が響き、ドアが開く。

「失礼しま……あ、ケント君？」

「ミリスティアさん？」

開いたドアから部屋の中に入ってきたのは、いつもお世話になっているギルド受付のお姉さんのミリスティアさんだった。

「ケント君がここにいるってことは、そのお二人は、行方不明になっていた暁のメンバー、カオツさんとグレイシスさんで間違いありませんか？」

「あぁ」

「はい」

ミリスティアさんは持っている書類を数枚捲《めく》ってペンで印を付ける。

「数日後、また落ち着いたころに呼ぶので、その時にギルドに来てください」

ダンジョンに入ってからここに戻るまでの出来事を、ギルドに詳細に報告する必要があるらしい。

「では、後日当ギルドへ来ていただく際にご連絡いたします。お疲れ様でした」

簡単な確認を二人が済ませた後、僕達はギルドを出て暁に戻ることにした。

「しっかし……ダンジョンに入ってから数日経っていたなんて、いまだに信じらんねぇーな」

「私も～」

帰り道の途中で、二人はダンジョン内での出来事を思い返していた。

「依頼されたものの納品の期日が明後日までだったのが良かったわね。物自体はもう手に入れているし……あ、でも今回はケントにだいぶ迷惑をかけちゃったわね」

グレイシスさんが申し訳なさそうに言った。

「いえいえ！　お二人が無事で本当によかったです……それにしても、あの赤ちゃん魔獣がいる場所っ、凄かったですよね」

「本当にねぇ～！　あんなダンジョンなら、ずっと入り浸っていられるわ。ねー、カオツ？」

「さあな」

　腕を組みながらそう答えるカオツさんの表情は、赤ちゃん魔獣のことを思い出しているのか、とても柔らかかった。

　ふとそこでカオツさんが僕に尋ねる。

「そう言えばケント、俺達がいた空間にはどうやって来れたんだ？　何か魔法か……アイテムを使ったのか？」

「え？　えっと、それは……ダンジョンの深層階でお二人を探していた時に魔獣の赤ちゃんに偶然遭遇して、その子に付いていったら、ダンジョン内でここに繋がる『扉』みたいなものを発見したんですよね。で、気づいたらあの空間にいたんです」

　事細かに伝えるとややこしい内容なので、いろいろと端折《はしょ》って説明した。

「逆に、カオツさんとグレイシスさんは、どうやってあの空間に入ったんですか？」

「確か……中階層の探索中に、まだ飛べない『炎雷鳥《えんらいちょう》』の雛《ひな》が突然木の上から落ちてきてな……」

　カオツさんの説明の先を、グレイシスさんが引き継いだ。

「そうそう！　私の魔法薬で落ちた時の怪我を治してあげて、私とカオツが、雛を戻してあげようと動いたら、突然あそこにいたのよ」

「ほぇ～、そうなんですね」

もしかしたら、あの赤ちゃん魔獣だらけの空間に行く方法は『道』以外にもあるのかもしれない。

「まぁ、あのダンジョンに魔獣の赤子が棲む空間があることは、他の冒険者からの話でギルドに報告が上がるだろうけれど、あの空間に行く方法はまだ解明されていないし……誰も知らない。そっとしておくのが一番いいだろうな」

「そうね。いくら魔獣とはいえ、あんなに小さな赤ちゃんだもの。襲われたって抵抗なんて出来ないでしょうし……もしもあの空間に好きな時に行ける方法が知れ渡ってしまったら、密猟者に乱獲《らんかく》される未来しか見えないわね」

うんうんと頷いているカオツさんとグレイシスさんを見て、僕はふとあの空間で出会った行方不明者の人達のことを思い出す。

カオツさんやグレイシスさん、それに出会った人達全員が小さくて可愛いもの好きだった。

あそこにいたのは、老若男女《ろうにゃくなんにょ》、全員強い冒険者であったが、いずれも赤ちゃん魔獣を抱っこしたり、撫でたり、全身に引っ付かれて顔をデレデレさせたりしていた。

もしかしたら、あの空間に行けるのは面倒見がいい人や、可愛いものに目がない人達だけなんじゃなかろうか？　ダンジョンが選別しているとは思えないけれど、そんな気がした。

　あっという間に、僕達は暁の家に辿り着いた。

　家の中に入ったら、居間で寝ていたらしいハーネとライが嬉しそうに駆け寄って来た。

《あるじ～、おかえりー！》

《ごしゅじん、まってた！》

「大人しくお留守番しててくれたんだね、ありがとう」

　頭を差し出してくる二人の頭をひとしきり撫でた後、居間に置いてある椅子に座ったグレイシスさん達に飲み物を準備する。コップを出して氷を入れてから、疲れを取ってくれる蜂蜜入りのハーブティーを冷蔵庫の中から取り出して注いだ。

「グレイシスさん、カオツさん、喉乾いてませんか？　蜂蜜入りのハーブティーを入れたんでどうぞ」

「あら、ありがとう」

「あぁ、わるいな」

　二人にコップを渡してから、自分も椅子に座ろうとしたところで、ハーネとライが僕の近くでクンクンと匂いを嗅いでいるのに気付く。

「……どうしたの、二人とも？」

《そのこ、だれぇ～？》

ハーネ達の様子が気になってそう聞く僕に、匂いを嗅ぎ終えた二人が首を傾げながら問い返す。

「………そのこ？」

なんのことだろうとグレイシスさんとカオツさんを見れば、二人も不思議そうな顔をしていた。

はて？　と首を傾げたと同時に、僕の服のフード部分がガサゴソと動く。

「え、えぇ？　なんだ!?　何かいるの!?」

いきなりフードが動いたことに僕が驚いていると、すぐにその正体がピョコリと体を出した。

「あぁぁっ！　なんで君がここに!?」

僕の肩の上に乗ったのは、ダンジョンで赤ちゃん魔獣が溢れる空間に案内してくれた、丸っこくてポメラニアンに似た魔獣。

中で今までのんびりしていましたー！　と、悪びれた様子もなくのほほんとしている。

あの空間に入った時は、僕の足元をちょろちょろ走るこの子を踏み付けそうなのが怖くて、僕の肩の上に乗せていた。移動しながらいろんな人に会っているうちに、魔獣の感触がなくなっていたから、てっきり仲間のもとにでも帰ったのかと思ったけれど……

まさか僕の服のフードの中で休んでいたなんて思いもしなかったよ。

グレイシスさん達が困った顔でこちらを見る。

「ケント君、その子どうするの？」

「お前、もうあの場所に行けねーんだぞ？」

「それは……そうですね」

明確にあの場所への行き方が分かっているわけでもないし、僕が何回も行くことで、他の人に勘づかれるのも避けたい。

意を決して僕は、グレイシスさん達に自分の考えを答える。

「なんか僕に懐いてくれているみたいなので、テイムしようと思います」

「そうね、それが良いと思うわ」

グレイシスさんがそう言って微笑んだ。

テイムのやり方は、タブレットを使うため、二人の前では出来ない。二階の部屋に一旦戻る。

ハーネとライも僕の後ろに付いてきた。

部屋に入ると、僕はベッドの上に赤ちゃん魔獣をそっと置く。

ふわもこの丸いフォルムから、耳と手足がぴょこんと出ているのは何度見ても可愛い。

クリっとした目は、見つめられるとなんでもしてあげたくなっちゃう破壊力があった。

ぐぅ〜。

部屋にお腹の音が大きく響いた。僕がハーネとライを見ると、二人とも自分じゃないと否定する。

ということは、このデカいお腹の虫を鳴らしているのはポメちゃん!?

テイムする前にご飯でもあげようと、僕は腕輪の中からお皿と食べ物を取り出す。

ダンジョン内で食べられるようにと多めに作っておいた食事の一つが役に立って良かった。

思っていたより早く帰って来れたので、ダンジョンで食べるための食事が残ったのだ。

ポメちゃんだけでなく、しっかり留守番してくれたライ達にもお裾分け。

僕の机の上にお皿を三つ置き、大きめに握ったおにぎりをハーネ用に十個、ライ用に八個、少し小さめのおにぎり一個をポメちゃん用にして、それぞれのお皿に載せる。

ポメちゃんを机の上に置いてお皿を近付けると、なぜかハーネ用の皿の前にトコトコ歩いていく。

「？」

《《？》》

何をするんだろうと三人で見守っていると、ハーネ用のお皿の前に来たポメちゃんは、じゅるりっと口元に涎《よだれ》を垂らして——

ガバリッと身体よりも大きな口を開ける。

「はいぃー!?」

身体に似合わないほどの大きな口に、ライとハーネも目を丸くしている。

ポメちゃんの大きな口の中には鋭利でギザギザした歯がびっしりと生えそろっていた。

その中でも、おにぎりを食べる瞬間の歯は、ギザ歯のうち犬歯の部分がさらに鋭利に尖った。

ポメちゃんは大きな口でガツガツとおにぎりを食べ切り完食してしまう。

ハーネとライの分まで食べきったことに、僕は驚愕した。

そのちっちゃな体にどれだけ入るんですか？

ハーネのように、食べ過ぎた時に体の一部がぽこんと出る訳でもなく、小さな丸いフォルムはそのままだった。

「君の体はいったいどうなってるんだろうね？」

ゲフッとげっぷをするポメちゃんを見て半笑いになりながら、僕はハーネとライのご飯を新しく用意する。

二人が食事を始めたタイミングで、僕はポメちゃんをテイムすることに決めた。

タブレットを取り出して『使役獣』のアプリを開き、空の枠をタップする。

【『虚喰《イーター》』をテイムしますか？　はい／いいえ】

ついでに、この子に関する他の情報を見たが、『虚喰《イーター》』は進化出来る魔獣のようだ。

『はい』のボタンを押すと、ポメちゃんの体が光ってその場から消えて、画面に表示される。

「きょう、く……？　初めて聞く魔獣の名前だな」

あとで『情報』で確認してみようと考えたところで、**【テイムした魔獣に〝名前〟を付けて下さい】**と画面に表示される。名前を何にするか悩む。

「う～ん、いつも名前付けに悩むんだよねぇ～」

どうしようかな～と数分悩んだ後、元の魔獣名に近い『イート』にしようとキーボードで打ち込んで確定した。グレー色だった枠が光って、透明な枠へと変化した。

「魔獣召喚――『イート』！」

僕の召喚の合図と同時に、魔法陣からイートと名付けられた赤ちゃん魔獣が姿を現す。

イートは、閉じていた目を開けて僕を見上げると、立ち上がってトコトコ近付く。

そして僕を見て一言、《ままー！》と言った。

「………うん？」

聞き間違いかな？　少し距離も離れていたし、もう一回聞いてみよう。イートは小っちゃい前足を上げて二足の後ろ足だけで立ち上がりながら《ままー、だっこ！》と嬉しそうにした。

聞き間違いではないし、完全に母親扱いされている。

そこでふと僕の中で疑問が湧いた。

「ハーネやライ、レーヌ達の時は主従関係の呼び方なのに、なんでイートは『ママ』なんだ？」

ハーネ達とは違って赤ちゃんだからだろうか？

溜息をつきながら抱き上げると、喉をきゅんきゅん鳴らしながら僕の手に頬ずりしていた。
《あるじぃ～。このこ、あたらしいこ？》
《あかちゃん、くいしんぼう》
「あはは、確かにこんなに小っちゃいのにハーネやライの分も食べてたからね。うん、イートは新しく入った使役獣だよ」
《なかま！》
《あかちゃん、ちっちゃい》
「そう、まだハーネやライよりもちっちゃい赤ちゃんだからね。仲良くしてあげてね」
《《わかったー！》》
ハーネとライは僕の手の上にいるイートに近付くと、イートの匂いをくんくん嗅いでから、優しく体を舐めてあげていた。しばらく大人しく舐められていたイートだったが、二人が離れた後よだれでベチョベチョになっていた身体をブルッと体を震わせる。
「イート……う～ん、ここまで小っちゃいと『イーちゃん』って呼ぼうかな」
僕がボソッと言うと、ハーネ、ライ、イートがそれぞれの反応を示す。
《いーちゃん！》
《いーちゃん！》

《いーちゃ？》

イーちゃんは全身をこてんと横に少し傾けてから、自分の愛称を不思議そうに呟く。

かんわいぃぃぃー！

「皆にイーちゃんを見せたら、驚くだろうなぁ～」

こうして、グレイシスさんとカオツさんを探し出すという大仕事を終えた僕は、新しい使役獣――『イート』のイーちゃんも手に入れたのであった。

魔草達の本音？

大捜索の日々から数日が経った。

フェリスさん達やラグラーさん達は、それぞれ依頼からまだ帰って来ておらず、グレイシスさんとカオツさんはギルドからの例のダンジョンに関する事情聴取で呼び出されていた。

僕は部屋で一人くつろいでいたところだ。

ベッドの上で僕がゴロゴロしていると、イーちゃんが身体の上によじ登ってきた。

目を閉じて二秒で即寝落ちしたイーちゃんを起こさぬよう、あまり動かないようにしながら、タブレットをいじっていたところで、僕はあることを思い出す。

そう言えば、『魔獣・魔草との会話』のアプリ、全然使ってないな。

前回グレイシスさん達を捜す時に使ったっきり、日常で使う場面が訪れなかったのだ。

今も試しに、アプリを開いたんだけど、反応するすべてが僕の使役獣達で**【使用不可】**と表示されていた。どうやら野生の存在専用のアプリっぽい。

「ふ〜ん、一回ダンジョンに行って使ってみようかな」

前回のダンジョンはハーネ達をお留守番させていたし、散歩がてらちょうどいいかもしれない。

よっと、と起き上がると、胸元からイーちゃんがコロコロと転がっていく。

《わー》

「あぁ、乗ってたの忘れてたよ、ごめんごめん」

ベッドの上で小さな手足をバタつかせるイーちゃんを肩に乗せ直す。

「ハーネ〜、ライ〜、ダンジョンに行くよー」

《だんじょんー！》

《いくー！》

ハーネやライが我先にと駆け寄ってきた後、準備を終えた僕はダンジョンへと向かうのだった。

アプリの性能を確かめるだけということで、僕が向かったのは近くにあるダンジョンの中層階。どれくらいのレベルの魔獣や魔草と会話出来るかを確認するために、表層階より少し難易度の高い中層階を選んだ。

本当ならイーちゃんは、まだ赤ちゃんだから、誰かに預けて留守番してもらおうと思っていたんだけど、当の本人が僕の頭から引っ付いて離れなかったので、仕方ないから連れてきた。

まぁ、僕以外にハーネやライもいるから大丈夫でしょ。

ここに来る前に、イーちゃんは魔法や物理攻撃を防いでくれるめっちゃ貴重な魔法粉をレーヌとエクエスからかけてもらっている。

どうやら、イーちゃんは使役獣達の中でも可愛い末っ子的ポジションらしい。

「それじゃあ、そろそろ移動しようか」

タブレットの『危険察知注意報』を開いて空中に浮かぶ画面を確認すれば、かなり離れた場所にそれなりに強い魔獣の反応がいくつか表示された。

ライに魔法薬を飲ませて成体に成長させてから、以前使ったことのある鞍《くら》を載せて、僕達はそれに乗っかった。

《しゅっぱーつ！》

ライはそう合図してから、タタッタタッと音を立てて地面を蹴って走り出す。

凹凸《おうとつ》のある岩場を難なく走り抜け、目的地へと疾走するライ。

ハーネは僕達の頭上を飛びながら、周囲に危険がないか目を光らせている。イーちゃんは肩から頭の上に移って、ふわもこの毛を風になびかせながら前方を見据えている。

《あるじ～！　まえにてきはっけーん！》

ハーネが上空に上がって周囲を確認してから、大声を出して僕に教えてくれる。

「おっけー！」

僕は空中に浮かぶ画面を見ながら魔獣の位置を確認して、『傀儡師』を起動させておく。これで、攻撃されても、避けたり反撃したりと対応しやすくなる。

最高速度で走っていたライが、敵——魔獣に近付くにつれて速度を落としていき、攻撃されないギリギリまで近付いて止まる。

《ごしゅじん、ここまでが、げんかい》

「ライ、ありがとね」

イーちゃんをライの頭の上に移動させてから、僕は地面に降りて魔獣の方を見た。

僕の前にいるのはバッファローにとてもよく似た『ルタリス』という魔獣で、体毛が燃えているような見た目だ。

会話アプリを立ち上げてみれば、目の前にいる魔獣が明るく表示されている。

ルタリスの枠をポチッと指でタップすると、あの時と同じく**【会話可能】**と出て、頭の中でピコーンッ！　と音が鳴った。なんというか……今までの討伐とは違った意味でドキドキしちゃうな。

会話が出来ると思いながら魔獣に目を向けると、ルタリス達はなんとなく胡散臭《うさんくさ》いものを見るような目をしていた……僕の思い違いだと思いたいけれど。

《……ナンダ、キサマハ》

ルタリスが警戒しながら、僕にそう声をかける。

「おぉぉ！　会話が出来ちゃってる！」

使役獣達以外の魔獣と会話が出来たことに感動していると、ルタリスがイラついたように前足で地面を引っ搔く。僕はその姿を見て慌てて弁明する。

「あ！　えっと……このダンジョンにいる魔獣のみなさんとは戦いにきたんじゃなくて、会話したかっただけなんです！」

《テキ、ハイジョ》

「いやいや！　敵じゃないですよ～！」

《ナワバリニ、ハイッテキタ。ダカラ、テキ》

「うそでしょ!?」

即座に敵認定されてしまった。

鼻息荒く僕の方へ突っ込んでくるルタリスに『傀儡師』が反応する。

素早く剣を抜き取って、ルタリスの急所に剣を突き立てれば、すぐに戦いは終了した。

見た目よりも足が速いくらいで、頭を下げて突っ込んでくるだけなので、倒すのは難しくはない。

「なんか……思ってた会話とは違ったなぁ～」

剣を鞘にしまい、ダガーに似たナイフでルタリスの皮と爪、それから犬歯を採取していく。

この魔獣は風邪薬などの魔法薬を調合するのに必要になる素材なので、ありがたくもらった。

「あれ、イーちゃん？」

僕が素材を採取し終えたルタリスの残りの近くに、イーちゃんが近付いてきた。

何をするのかと見下ろしていると、僕のことを見上げたイーちゃんは魔獣を見て一言。

《たべりゅ》

もしかしてお腹が空いてるのかな？　と思って、

「いいけど、代わりに何か――」

別の食べ物を出そうか、と言う前に、イーちゃんがガバッと口を大きく開けた。

そのままルタリスを丸呑みしてしまう。

「はぇ？」

《すごぉーっ！》

《くち、でっか！》

僕とハーネとライの三人が目の前で起きた出来事に驚いていると、イーちゃんはげふっとゲップをして戻ってきた。

「イーちゃん、君……その体のどこにあの巨大な魔獣を入れたのさ？」

《おいちぃー》

「そっか……それは良かったね」

僕の問いには答えずに、満足そうな表情をしている。イーちゃんの体の構造がどうなってるのかさっぱり分からないけど、体に影響なさそうだし、大丈夫かな……？

僕はライに再度乗ると、次の場所へと進んだ。

辿り着いたのは、『チャギム草』が咲いているところだ。ほぼ全てのダンジョンに咲いているようなポピュラーな魔草で、主に腹痛や目薬、咳止めなどの魔法薬の素材に重宝《ちょうほう》する魔草だ。

再び【会話可能】という表示が出たので、タップして話しかける。

「こんにちは～」

いつもお世話になっている魔草様ということもあって、つい腰が低くなる。

僕が話しかけた瞬間、チャギム草がピクリと動いて反応を示した。

《ぬあー！　人間が声をかけてきたし！》

前回の魔獣の時は片言に聞こえていたけど、今回ははっきりと話している。
違いが分からないけど、こっちの方が知性があるのかな？　もしかしたら攻撃されずに会話が出来るかもしれない！　と期待に胸を躍らせていると、なぜか急に目の前の魔草が怒鳴り出す。
《オイコラ人間！　いつもいつもオレ様達に剣やら魔法やらをぶっ放しやがって！》
「はぇ？」
《オレ様達が、何したっつーんだよ⁉》
「え？　いや……えーと？」
《オレ様達を採れば、いいものが出来るとか人間達が話していたことを聞いたことはあるが……それにしちゃ～、扱いが雑じゃないか？》
「あ……本当にそうですよねー。申し訳ないです」
あぁん⁉　と体を揺らしながら聞いてくる魔草に、僕は謝る。
魔草にペコペコ頭を下げる人間なんて僕くらいしかいないんじゃなかろうか？
ライもハーネもきょとんとした顔で僕を見ている。
「あの、本当にチャギム草さんには魔法薬作りで大変お世話になっています」
《分かればいいんだよ》
僕が頭を下げながらそう言えば、チャギム草が態度を変えて鷹揚《おうよう》に頷いた。

「ちなみに、今後も魔法薬の調合をするうえで、素材としてチャギム草さんが必要な場合はどうすればいいですか？」

《ふむ……こうして会話が出来る人間なんて初めてだからな。お前から攻撃を仕掛けてこない限り、オレ達も攻撃をしないこと。そして、お前が丁寧に頭を下げてお願いするなら、必要な分をその場で渡すように全チャギム草に知らせておいてやるよ！　勝手にこっちの縄張りに侵入しておいて攻撃してくる野蛮《やばん》な奴らは願い下げだが……お前はけっこう真面《まとも》そうだしな》

「ありがとう……ございます？」

魔草に真面な人間だと言われちゃったことはともかく、チャギム草からの申し出はかなり嬉しい。

ふとタブレットの画面に視線を向けると、光っているチャギム草の枠の右上に『☆』マークが出現した。

【お知らせ――魔獣や魔草との親密度が一定以上に達した場合、『☆』が出ます。こちらのマークが出た魔獣とは『お友達』関係になり、あなたが相手に危害を加えない限り『お友達』関係は続きます。『お友達』になると、魔獣や魔草からいろいろな特典をもらうことが出来ます】

【※『特典』は魔獣や魔草によってそれぞれ違います】

え、何これ……凄くない⁉

《じゃあ、友好の証として》

チャギム草はさっそくそう言って、良質な花粉と葉、それに毒の成分が含まれない茎《くき》の部分を僕の両手がいっぱいになるまで手渡してくれた。

最高品質なものしか置いていない魔法薬師協会でしか見たことがないくらい、どれも状態がいいものばかりだった。

《んじゃな。気を付けて帰れよ～！》

「はい」

フリフリと葉を振るチャギム草に手を振り返した後、僕はライの背中に乗ってその場から離れる。

「いや～……まさかこんなに魔草と会話が出来るとは思ってもみなかったな」

『使役獣』のアプリとはまた違う感じだよね。『使役獣』の場合は、使役した魔獣との会話は出来るけど、それ以外の魔獣と意思疎通出来ない。

一方で、新しいアプリの場合はその会話が出来るし、『お友達』になった時に特典があることも分かった。

「いやぁ～、このアプリめっちゃいいかも！」

それから新たな反応がある場所へライに向かってもらう。

『トンフ草』というC～Bランクほどの魔草で、魔力回復の素材になるんだけど……この魔草はチャギム草とは違って会話が上手くいかなかった。敵認定されて毒の棘を連射してきた。

冒険者というよりは町の人達が購入するような比較的手に入れやすい魔法薬の素材になるため、この魔草もよく採取しているものの一つだし、『チャギム草』と近い存在だと思ったんだけどな。

その次は『蟻蠍《ありさそり》』。こちらは僕達を見た瞬間に蠍のような尻尾を威嚇《いかく》するように持ち上げ、口をガチガチと噛み合わせて鳴らしている。

もちろん会話は上手くいかなかった。そういうのを数時間続けて、二十種族の魔草や魔獣と出会い、アプリを使って会話したんだけど……平和に会話出来たのは、チャギム草を入れた三種族だけ。

ざっくり分類するなら、中層階手前辺りの魔獣であれば攻撃はしてこないし、会話は可能。

中層階の中央から奥になってくると、一言二言話すともう威嚇されたり、攻撃されたりする。

それに危険度の高い魔獣とはやはり会話をすることが出来ない感じだったし、もともとの種族の気質も関係があるのかもしれないな。

アプリのレベルを上げれば、強い魔獣とも友好的に会話が出来るのかも……だけど、次のレベルに上げるには三千万レンが必要だった。

まぁ、急いでレベルを上げなきゃいけないものでもないから、今しばらくはこのままでいいかな。

必要になり次第レベルを上げようと考えた。

《あるじ～、かえる？》
《おなかすいたー》
《ねみゅい》
ある程度散策し終えた頃、ハーネ、ライ、イーちゃんがそれぞれ僕に声をかける。
「そうだね～、そろそろ帰ってご飯にしようか！　ハーネもライも見張りや移動、手伝ってくれてありがとう」
イーちゃんは眠たそうに欠伸を一つした。
《ごはんー！》
《おにくー！》
《たべりゅ～》
イーちゃんは眠そうにしてても食事の話になるとちゃんと反応するんだな、と笑ってしまう。
「よし、じゃあ暁に戻ろう！」
その日の夜は、ライとハーネの食べたいものを作ってあげた。
イーちゃんは……ライ達と同じものを平らげた後、獲った魔獣一体を丸ごと食べていたのであった。

それからさらに数日後、依頼で出ていた皆が帰って来た。

行方不明になっていたグレイシスさんとカオツさんが戻ったことを知ると喜んでいた。

クルゥ君は最初涙目だったんだけど、ダンジョン内で魔獣の赤ちゃんと楽しく過ごしていただけだと知ると「何それ、ズルいっ！」と言って、めっちゃ悔しがっていた。

それからダンジョン探索を終えてのもう一つの変化——イーちゃんの追加を伝える。

紹介した途端、クルゥ君だけじゃなくて皆がメロメロになっていた。

新たな『暁』のマスコットキャラクターが爆誕した瞬間である。

「さてと、それじゃあ今日はちらし寿司《ずし》でも作りましょうかね！」

久しぶりに全員が揃ったので、僕は腕によりをかけることにした。

メニューを『彩どりちらし寿司』に決定して、まずは『ショッピング』で寿司桶《すしおけ》を購入した。

お水で少し濡らした寿司桶の中に炊き立てのごはんを入れて米酢《こめず》を回しながらかけ、しゃもじで切るように混ぜていく。

お手伝いのハーネが団扇《うちわ》の代わりに羽であおいで冷ましてくれてたのを確認した後、粗熱《あらねつ》が取れたら濡らした布巾を寿司桶にかぶせる。

その間に、レンコン、ニンジン、干《ほ》し椎茸《しいたけ》を少し前に調味料で味付けしておいたものと、サーモン、マグロ、エビ、イクラに似た海鮮系の魔獣を一口サイズにカットしたもの、そして錦糸卵《きんしたまご》を冷蔵庫の中から取り出す。
僕は、冷ましておいた酢飯に味付けした野菜を混ぜ始める。
《おいしそー》
《まぜまぜ～》
《たべりゅ……》
「あはは、まだこれで完成じゃないよ。もう少し待っててね」
大きなお皿に盛り付けるのも悪くないけど、今回は各自の丼《どんぶり》によそうことにした。
食器棚から白い深皿を取り出し、寿司桶の中から混ぜ合わせた酢飯をそのお皿に盛っていく。
《もうたべれる～？》
「あとちょっとかな」
それから錦糸卵とイクラ、カットした海鮮を載せて――完成だ！
でもこれだけじゃちょっと物足りないから、『ショッピング』で購入した白菜と塩昆布の漬物とお吸い物を一緒に出すことにした。
「それじゃあ、先にハーネ達の分を置いておくね」
ハーネとライ、それにイーちゃんの三人が待ちきれない様子でいるのを見た僕は、台所の一角にお皿を並べた。もちろんイーちゃんには専用のデザート代わりの魔獣も添えた。

台所から顔を出して皆がいることを確認すると、全ての準備を終えて皆が椅子に座っている。

「は～い、ごはんが出来ましたよー」

その言葉とともに、僕はちらし寿司を持っていく。

皆が口を揃えて「待ってました！」と言った。

海鮮好きな皆は丼を見て喜んでいたが、カオツさんだけは唯一ちらし寿司を見つめて眉間を寄せていた。生物《なまもの》系の料理というところに引っかかっているようだ。

「……なんだこれ？」

カオツさんの怪訝な声に、ラグラーさんが反応した。

「カオツ、俺も最初はお前みたいに思っていたんだけどよ……ケントが作るとめっちゃ美味いメシになるから、心配すんなって！」

カオツさんがスプーンを手に取り、おそるおそるといった感じでちらし寿司をすくって口に運ぶ。

「……」

目を閉じてもぐもぐと口を動かすカオツさんに、皆の視線が集まる。

飲み込んだ後、カオツさんが「やべぇ、美味し過ぎるな、これ」と呟いた。

「あはは、お口に合ったようでよかったです」

それからは、ここ数日互いが受けていた依頼の話をして盛り上がった。

フェリスさんをはじめとする暁の大人達は、そのまま晩酌《ばんしゃく》に移行するようだった。

僕は軽いおつまみを作って「深酒はしないでくださいね」と注意してから、クルゥ君と二階へ上がる。

「う～ん、飲み過ぎないといいんだけど」

僕が心配そうに言うと、クルゥ君が欠伸をした。

「ふわぁ～。どうせいつものように飲み過ぎて、明日の朝は屍になってるんじゃない」

クルゥ言葉は的中して、翌朝は使い物にならない暁の大人達の姿を目の当たりにしたのだった。

バーベキューパーティーで大集合！

ある日の夜、ふとグレイシスさんがいつもより畏まった雰囲気でフェリスさんに話しかける。

「ねぇ、フェリス……チェイサーさんに合いたいんだけど」

「んえ？　チェイサー？」

フェリスさんは話が読めずに、素《す》っ頓狂《とんきょう》な声を上げた。

「そう」

「え？　グレイシスとチェイサーって前から知り合いだった？」

「うん……チェイサーさんは、フェリスまでとはいかないけれど、私にとって恩人の一人なの」

グレイシスさんの言葉に、フェリスさんが目を丸くした。

「え～、そうだったの⁉」

「ずっと昔にお世話になったことがあってね。でも名前を聞いてなかったから探すことが出来なくてお礼を言えずじまいだったの。この前ケントとギルドの人と一緒に私とカオツを迎えに来てくれた時に偶然再会して……」

世の中狭いわね～と呟くフェリスさんに、グレイシスさんが同意する。

「確かに今回の件でチェイサーには世話になったし……それに、その他の人にもいろいろと助けてもらったからね。今度皆を『暁』に呼んでパーッと楽しいことでもしよっか！」

「それいいかも！」

フェリスさんとグレイシスさんが楽しげに計画を立て始める。

「あ、それじゃあデレル君やクリスティアナちゃん達とかいろんな人を呼んじゃって、大人数でバーベキューをするっていうのはどうでしょう？」

僕がそう提案して、食事のことは任せて下さいと胸をドンと叩くと、二人から「よろしくお願いね！」と任される。

それから、フェリスさんによってバーベキューパーティーの招待状がいろんな人達に送られ、一週間後に開催されることになったのだった。

「うーん……バーベキューとはいっても、人数が多くなるから、食べ物の種類は色々用意した方がいいだろうな」

バーベキューパーティー開催日の二日前、僕は食材を購入するために街に来ていた。

《はーね、おにくたべたい！》

《らいはさかな！》

《ぜんぶぅ～》

僕の周囲を回りながらハーネ達が口々に言う。

「ハーネ達の他にレーヌやエクエス、クルゥ君の使役獣にも何か作ってあげたいな……」

バーベキューに必要なものをまとめたメモを見て、いくつかのお店を覗く。

生鮮食品店、肉屋、魚屋などを回って大量に食料を買い、家に戻ることにした。

「それじゃあ、必要なものは買ったし帰りますか～」

いざとなったら『ショッピング』で購入することも出来るし、これくらいでいいでしょう！

家に帰るタイミングで、周囲の偵察に行くというハーネとライと別れて、イーちゃんを頭の上に乗せたまま台所に直行する。

購入品を腕輪の中から冷蔵庫に全て移してから居間へ向かう。

そこには、お休み中のラグラーさんと、日当たりのいい窓辺で本を読んでいるクルゥ君がいた。

「あれ、ラグラーさん。今日は依頼とか何もないんですか？」

「んあ？　あぁ……しばらく何も入ってないんだよ。この前行った依頼の報酬がめっちゃ良くてな～」

「そうだったんですね……あ、そういえば今度のバーベキューパーティーなんですが、出席する人数って分かりますか？」

「そうだな……全体の人数は分からんが、兄貴達は呼ばなくても来るだろうな」

ラグラーさんが嫌そうな顔でそう言うのを見て、僕は苦笑いしてしまう。

ラグラーさんのお兄さん――シェントルさんやその友人のアーヴィンさん、クスマさんなら、呼ばなくても『暁のバーベキューパーティー』というものをどこかから聞き付けてやって来そうだ。

「兄様やクリスティアナも来るでしょ」

続いて、クルゥ君が教えてくれる。

「そうだね、この前会った時に誘ったら、クインさんもクリスティアナちゃんも依頼を入れないようにするって言ってたから」

「後は、俺がフェリスに聞いたのは……今回お世話になったチェイサーさんっていう人とギルド職員のリークさん、それとフェリスとデレルの友人でもあるリーゼさんだったかな。他に誰か呼びたい人でもいるのか？」

ラグラーさんが指を折って数えながら、僕にそう聞いてきた。

「あれ？　デレル君の幼馴染のナディーちゃんは呼ばないの？」

「いくらデレル君がいても、流石に妖精国の王女様をこっちに呼び出すのは……ね」

もちろんナディーちゃんにも手紙は送ったけど、僕がクルゥ君に説明したのと同じ理由が書かれた返事の手紙が届いていた。

「じゃあそれ以外だな。誰を呼びたいんだ？」

「考えているのは、冒険者になる前にお世話になったアッギスさんや、ギルドで知り合って仲良くさせてもらっているミリスティアさん、アリシアさんですね。人数的に大丈夫だったらですが」

ミリスティアさんとアリシアさんはギルドの受付嬢で、ギルドからの特別依頼に行った時にリークさんと一緒に護衛をしてくれた方でもある。お仕事関係でかなりお世話になっている二人だし、今回のバーベキューパーティーにぜひお呼びしたい。

僕がそう説明すると、ラグラーさんは軽くＯＫを出してくれた。

僕はラグラーさんにお礼を言ってから、立ち上がる。

「それじゃあ新しい依頼情報が更新されているか見にいくついでに、皆に聞いてこようかな」

「ケント、もしかしてこれから町に行くの？」

クルゥ君が僕の方を見て聞いてきた。

「うん、これから行くけど、クルゥ君も付いてくる？」

「うん」

「じゃあ一緒に行こうか！　ラグラーさん、それじゃあちょっと出かけてきますね」

「おう、いってらぁ～」

ラグラーさんに見送られながら、暁の家を出た。

「ケント、呼ぶ人が多くなったら食材も買い足さなきゃダメじゃない？」

「確かに……」

先ほど多めに食材を買ったけど……これでも足りないかも？

「ちょうど食在庫の中の魔獣肉も残り少なくなったし、ダンジョンで魔獣を狩って増やしておく？」

「あぁ、それもいいね」

いろんな魔獣のお肉があれば、飽きないだろうしね。

「あれ？　二人共どこに行くんだい？」

僕とクルゥ君が会話していると、後ろの方から声をかけられた。

振り向いたところで、クルゥ君の兄妹のクインさんとクリスティアナちゃんと目が合った。

どうやら魔法陣で暁にやってきたらしい。

「あれ？　今日は稽古の日じゃないけど」

「こんにちはケント君。今日来たのは、バーベキューパーティーの準備を手伝おうと思ってね。必要な物があれば僕達も用意しようと思ったんだ」

「ケント、何か用意するものがあれば私達も手伝うわよ」

「本当ですか？」

ちょうどいいタイミングかもしれない。僕とクルゥ君は顔を見合わせるとニッと笑う。

「ぜひぜひ手伝ってもらいたいことがあるんですよ」

「いやぁ～、二人とも良いところに来たね！」

そこで、さっきクルゥ君と話していた魔獣狩りの件をそのまま伝える。

「「もちろん！」」

二人はそう言って快諾《かいだく》してくれたのだった。お手伝いを二人ゲット！

でもダンジョンに行く前に、バーベキュー当日の出席確認が本来の目的だ。

まずは呼びたい人に来れるかどうか聞きに行くことにした。

最初にアッギスさんのお家を訪れた。

出迎えてくれたのは、お子さんを抱っこしたアッギスさんの奥さんだった。

出会った当初は体調が悪そうにしていたけど、今はお元気そうで何よりだ。

残念ながらアッギスさん本人はお出かけ中らしく、僕はバーベキューパーティーの日にちと時間を奥さんに伝える。

「お邪魔じゃなければ行ってみたいわ」

「ぜひ来てください！　当日お待ちしています」

アッギスさんへの伝言もお願いしつつ、僕はその場を後にするのだった。

次に向かったギルドでは。受付でミリスティアさんとリークさんがお仕事をしている最中だった。

話しかけるタイミングを窺いつつ、辺りを見回していると――

「あ、カイラさん！」

「ん？　あ、ケント君じゃない」

依頼が貼られている掲示板のような所で、どこかで会ったことがあるような後ろ姿を見かけた。

以前カオツさんと一緒にお仕事をしたことがあるカイラさんだ。

「お久しぶりです！」

「久しぶり〜、元気だった？」

「はい。カイラさんはこれから依頼を受けるんですか？」

カイラさんが見ていた依頼の紙に視線をやると、護衛で長期間国を離れるような仕事内容だった。

これならバーベキューには間に合うし、カイラさんにもお世話になっているし……

「実は、今度暁でバーベキューパーティーをするんですけど……」

「え！　行きたい！　またケント君の手料理を食べたい！」

僕がお誘いすると、カイラさんは迷う素振《そぶ》りもなく、食い気味でこう答えてくれた。

日時を伝えてその場を去ると、「絶対に行くから～」とこちらに手を振ってくれた。

よし、あとはギルドの皆さんだな……でも、受付の方を見るとまだ忙しそうだった。

「あれ、ケント君じゃない。どうしたの？」

どうしようかと悩んでいたら、アリシアさんが声をかけてくれた。

「あ、アリシアさん」

アリシアさんは、ミリスティアさんと一緒に僕によくしてくれる受付嬢の一人だ。

いつもは受付にいることが多いんだけど、腕に紙の束を抱えているということは、掲示板に依頼の紙を貼りに来たのだろう。

アリシアさんにカイラさんと同じことを伝えたら、二つ返事で参加すると言ってくれた。

「ミリスティアとリークにも伝えておくわ」

「はい、よろしくお願いします」

「あ、でも……食材とか必要なものがあれば持っていくけど、何かある？」

「食材などは全部こちらで用意するので大丈夫ですよ！」

クルゥ君が僕に続いて口を開く。

「それにボク達、これから食材を獲りにダンジョンに行く予定だったんで」

なんで食材を獲りに行くのにダンジョンなの？　みたいな不思議そうな表情をした後に、アリシアさんが何かに気付いたように頷いた。

「……あぁ、ケント君は魔獣を美味しく調理出来る天才だったわよね、そういえば」

以前アリシアさん達と旅行に出かけた時、魔獣を使った料理を何度も食べていたので、僕が魔獣を使った料理をするのを知っているのだ。

それからアリシアさんは僕達四人を見てから提案する。

「……君達、これからダンジョンで魔獣狩りをするんだったら、もう一人誰かを呼んで即席パーティを組まない？　もし狩る魔獣が決まっていないなら、この討伐依頼がオススメなんだけど、けっこう強い相手だから『五人以上』が条件でね」

ここのギルドでは、違うパーティに属している冒険者が、一時的にパーティを組むことが出来るシステムがあるんだって。

Bランク以下の冒険者が受けられる魔獣や魔草の討伐依頼の場合、対象がかなり強敵になってくる。そのため『五人以上から受付可』というものが多く、個人勢や二、三人で動いている人達は即席パーティを組むことが多いようだ。

「ちなみに依頼内容はこれね」

アリシアさんは腕に抱えていた紙の束の中から数枚引き抜くと、僕達に手渡してくれた。

代表で受け取ったクインさんが内容に目を通してから、依頼書に書かれている魔獣や魔草の特徴などを僕に教えてくれる。教えてもらった内容とその魔獣を使ったレシピをタブレットで検索してみれば、全て美味しいご馳走へと変化するものばかりだった。

これ使えます！　と、僕はクインさんに親指を立ててグッドサインをする。

アリシアさんにも「この依頼を受けたいと思います！」と答えた。

「本当？　でも、もう一人は誰にするの？　すぐ決められるなら、これから手続きだけでも済ませちゃうけど、どうする？」

「そうですね……もう一人に連絡を取ってみるので、少しだけ待ってもらえますか？」

「いいわよ。それじゃあ決まったら声をかけてね～」

アリシアさんはクインさんにそう伝えると、持っていた束を目にも止まらぬ速さで掲示板に張り付けて、また受付に戻っていった。

「……ということで、ケント君どうする？」

「う～ん、ここにいるメンバーは全員子供だから……ここはデレル君を呼ぶのはどうでしょう」

クインさんが切り出すと、僕は少し考えて提案する。

皆が「いいね！」と賛同する中、クリスティアナちゃんだけは難しい顔をしていた。

「でもお兄様達、デレルさんは魔法薬師協会で忙しいでしょう？　急に誘っても大丈夫なの？」

「あぁ、それは大丈夫。この前の稽古で会った時、ちょっと暇な時期に入ったから稽古を多めにいれようかな～と言っていたからね」

「ボクもそれは聞いてた」

クインさんとクルゥ君が、クリスティアナちゃんにそう答える。

「じゃあ、今暇をしてたら呼んでみようか。ダメなら家でダラダラしてたラグラーさんでも呼ぼうよ」

もう一人の候補がまとまったところで、いったんギルドの外に出てデレル君を呼ぶと――すぐに来てくれた。どうやら暇なのは本当らしい。

「ケント……っと、皆集まってどうしたんだ？」

魔法ですぐにやって来たデレル君は、僕達が集まっているのを見て不思議そうにしていた。

クルゥ君がバーベキューパーティーのことと、これから即席パーティを作ってダンジョンに行き、依頼をこなしがてら食料となる魔獣を獲りに行くことを説明した。

「いいな、俺も行くよ！」

デレル君が楽しそうに返事をしたところで、メンバー決定。

「じゃあデレル君も来てくれたことだし、先ほどの受付のお姉さんの所に行って即席パーティの申請をしてくるよ」

クインさんはそう言ってギルドに戻る。僕達の前にやってきたクインさんの手には、黄緑色のカードが握られており、それを僕達一人一人に手渡す。

「これは即席パーティ証だよ。依頼が終わったら、ギルドに返還する必要があるから無くさないようにしてね」

カードは各々《おのおの》無くさないように、収納機能がある腕輪や指輪にしまう。

それから、クインさんから皆に同じ形をした指輪が手渡される。

これは今いる場所を魔法で登録すると、バラバラに離れたとしても皆で登録した場所に戻って来れる優れものらしい。

「よ〜し、それじゃあどこに行くんだ？」

指輪をはめたデレル君が、首を傾げながらクインさんに聞いていた。

僕達の中でクインさんが一番の年上で頼りになる存在なので、今では皆自然とクインさんに意見を求める形になっている。

「そうだね、申請手続きをしてくれたアリシアさんに設定してもらったのは、『ミデマカア』だよ」

「あ〜……あのそれなりに魔獣やら魔草が強いところね」

「そう。ただ、棲息している場所がそれぞれ違う階層なのと、強いうえに数が多いっていうのも気を付けないといけないね」

全員で、目当ての魔獣の見た目や性質、特徴と弱点などを共有し合い、ダンジョンに向かう。

「このダンジョンは何度か行ったことがあるんだ。俺の魔法で行こうぜ！」

デレル君はそう言って、僕達の返事を待たずに指をパチンッと鳴らす。

瞬時に目的地に着くと、クインさんがテキパキと指示を出す。

「表層階での獲物は奥の方に棲息しているものと、一番数が少ないものがいるから二手に分かれていこうか」

クインさんと僕のグループ、クルゥ君とデレル君とクリスティアナちゃんのグループに分かれた。

「それじゃあ皆、指輪にこの場所を登録させて。それで、お互い十五体ずつ倒して必要な部位を獲ったら、この場所に戻ってくること」

「あ、依頼は魔獣の角と爪だけど、食材に使う部分は胸と腿部分だから、ギルドに提出するものと食材は分けて収納袋に詰めてください！」

僕とクインさんが追加の指示を出して、依頼が始まった。

「……そういえば、ケント君と二人でダンジョンに入るのは初めてだよね」

「そうですね！」

クインさんがおっとりした様子で僕に尋ねる。

「それなりに強い魔獣だから、無理しちゃダメだよ？」

「はい！」

稽古をしてて、クインさんの実力が全体的に高いのは分かっていたけれど、ダンジョンで魔獣相手にどう戦うのかまでは知らない。戦う姿を見れることに、僕はちょっとワクワクしている。

ちなみに、僕は『傀儡師』をちゃんと起動させている。

「ちょっと魔獣が棲息している奥の部分までは距離があるから、僕の使役獣を使って移動しようか」

「えっ、クインさん、使役獣がいるんですか⁉」

「うん、いるにはいるけど……ケント君やクルゥみたいに動物型じゃないんだ」

苦笑してから、クインさんが使役獣の名前を呼んだ。

「リーカイロメト」

そう言った瞬間、クインさんの体の周りを包み込むように、螺旋状《らせんじょう》に黒い霧が発生する。

「え……使役獣って……この霧なんですか」

「そうだよ。リーカイロメトは『黒血霧《こっけつむ》』っていう魔獣なんだけど、攻撃力が全くない代わりに隠密系の能力に秀でているんだ。あと、霧だけど物を掴めたり持ち上げたりすることが出来るよ」

チェイサーさんが使っていた武器としての霧とはまた別種なのだろう。

クインさんが再び名前を呼ぶと、彼の体に巻き付いていた霧の一部が僕に向かって飛んでくる。

「うわ!?」

クルリと僕の体を包み込んだ黒い霧が、そのままふわりと浮かび上がった。

「え、何これ。凄っ」

「あはは、リーカイロメトに包まれると他の魔獣から認識されなくなるんだ。このまま空を飛びながら、目的地に向かえば無駄な戦闘をしなくても済むよ」

黒い霧は僕とクインさんの体を包み込んだまま宙に浮かび上がると、スィ～ッと移動を開始する。

あくまで『霧』なので、包み込まれているとはいえ落ちるんじゃないかと一瞬心配になったんだけど、意外としっかりとした硬さがあって頑丈だ。魔獣にもいろんな種類があるんだなぁ。

意外にも快適な移動で、ちょっと眠くなってきた頃に目的地へと着いた。

空中に浮かぶタブレットの画面を見れば、危険度の高い魔獣がいるのが分かる。

これが討伐対象の魔獣だ。ただ、僕達がいる場所とはかなり離れているから、クインさんはまだ魔獣がいるのに気付いていないようだ。

ちょっと前に一緒に行動していたチェイサーさんやリークさんなら、すぐに気付いていた距離だと思って、あの二人は本当に規格外なんだな～と苦笑いする。

「クインさん、あっちに行ってみませんか？」

僕はさりげなく、目的の魔獣がいる方に向かうよう誘導する。

「うん、いいよ……って、ケント君ちょっと待って」

「ん？」

呼ばれて振り向くと、クインさんが自分の肩を叩いた後に、続けて僕の肩をポンポンと叩く。

「クインさん？」

「あぁ、ごめん。今ちょっと自分とケント君に能力を使ったんだ」

「能力？」

「『恐怖心の減少』『俊敏性の上昇』『腕力上昇』──といった感じのやつだね」

「本当？　すごっ！」

画面を見れば、自分のステータスが部分的にアップしていた。どうやら軽いバーサーカー状態になっているのに気付く。バーサーカー＝恐怖心の減少……なのかもしれない。

どうやらクインさんは、自分にかけたのと同じものを僕にもかけてくれたようだ。

僕はさらに念を入れて、『魔獣合成』で攻撃を弾く魔獣の一部を合成して、頑丈さを高めておいた。

バーベキューパーティーで出す料理について、二人でのんびり話していると、目的の魔獣がいる場所に着くことが出来た。

「ケント君……」

「うん、いますね」

岩陰から顔だけ少し出して、僕とクインさんは辺りを確認する。前方の少し離れたところで、魔獣『ピラディアーサー』が三頭、地面に生えている草を食《は》んでいた。

ピラディアーサーは馬に似た外見をしているんだけど、大型の馬よりもさらに大きくて、筋肉が盛り上がっている。額にはユニコーンのような角があって、尻尾には四匹の蛇が生えていた。

「見た目……すごく禍々《まがまが》しいな」

「ケント君が料理しない限り、あれらが美味しい食事に変わるなんて本当に信じられないよね」

「うん、作ってる僕もそう思えてくる」

一頭の魔獣に狙いを定めると、『傀儡師』が反応して、僕の身体は岩陰からスルリと音も立てずに走り出す。鞘から剣を引き抜くと同時に、ピラディアーサーがこちらに気付いた。

ピラディアーサーが叫び声を上げて、前足を持ち上げようとした時——僕の後ろから走って来ていたクインさんが腕を伸ばすと、腕に巻き付いていた黒い霧が魔獣へと飛んでいく。

その足に絡みついて魔獣の動きを止めている隙に、クインさんが尻尾の部分にいる蛇を根元から切り落として、次に角の少し下にある額に剣を突き立てる。

《グオォォッ！》

ピラディアーサーは自分に絡みつく霧を無理矢理蹴散らすと、血走った目でこちらを睨み付ける。

たぶん、いつもの状態の僕であれば怖さを感じていたかもしれないけど、クインさんの能力のおかげで恐怖心は一切ない。お〜、めっちゃ怒ってるな、と眺める余裕がある。

「ケント君、あいつの弱点は腰骨だよ！」

クインさんが後ろから叫んで教えてくれたので、体の重さを軽くする魔法薬を飲み——グッと膝を折り曲げてからジャンプした。

「わたたたっ!?　軽すぎて通り過ぎるところだった」

空中で体をクルリと回転させて、ピラディアーサーの背に乗り上げる。

「ケント君、ちょっと早めにお願いします！」

「はい！」

僕が乗っているピラディアーサーとは違う、近くにいた二頭のピラディアーサーの動きを黒い霧で止めていたクインさんが少し焦ったような声を出した。

その声を聞いた僕は、慌てて剣で弱点を切りつけた。

それから残りの二頭も同じ手順で倒して、依頼用の部分と食料になる部分を切り分ける。

クインさんが収納袋へと回収したのを確認して、僕達はその場を離れた。

素材となる依頼用の数は揃ったと言うクインさんと話して、集合場所に戻ることになった。

「うん、これくらいでいいかな」

手にしていた指輪を使うと、本当に一瞬で元いた場所に移動出来た。

めっちゃいい魔道具だなぁ、これ。

移動し終えた僕が、メンバーを待っている間に指輪についてクインさんに聞くと――

「凄く高いよ。普通に買えば一個八千万レン以上はすると思うよ」

という答えが返ってきた。

たっか！

「えっ、そんなにするんですか!?」

「普通の地点登録をして、その場に戻るだけの魔道具だとそんな値段はしないと思うんだけど……この魔道具を受付のお姉さんに借りた時『これギルマス制作の、どんなに時空の歪みがあるダンジョンにいても登録した場所に絶対戻って来れる、優れものだから！』って言っていたから、相当希少なものだと思うんだよね」

「なるほど……」

「私もそういう魔道具を購入しようと思った時があるんだけど、高すぎて諦めたんだ」

フェリスさんのお友達のギルマスさんが制作した魔道具はかなり高価格帯で販売されているらしいんだけど、危険度の高いダンジョンに潜る高ランク帯の冒険者にめっちゃ人気なんだとか。

すぐに買われてしまうため常に品薄状態らしい。

そんなやり取りをしていると、ちょうどクルゥ君達も帰って来た。

「お帰り～」

「ただいまー。あ、こっちが食材部分が入った袋で、こっちがギルドに提出する袋」

クルゥ君から手渡された袋を受け取って、僕は腕輪の中に収納する。

クインさんは袋を腕輪の中に収納してから、次に必要なものが書かれた紙に目を通す。

「う～ん、次からは全て必要なものが深層階にある感じだね」

「深層階かぁ……初級ダンジョンとはいえ、深層階なら魔獣や魔草の強さも増してくるな」

「では、今いる場所は比較的安全なところですし、ここをまた地点登録したらどうですの？」

デレル君が困った表情をする横で、クリスティアナちゃんがクインさんに提案する。

「そうだね。本当に危ないと思ったら無理せずにいったんここに戻って来るのもあり」

クインさんが頷いて話がまとまると、依頼書に書かれている『扉』がある場所に移動して、深層階へと降り立つ。

ここからは全員で一緒に行動することになった。

主な攻撃は僕とクリスティアナちゃんで行い、魔法での援護・追撃はクルゥ君とデレル君に任せる。全体を見て指揮するのがクインさんだ。

予想していた通り、深層階はかなり強い魔獣や魔草が多くなってきていて、食材となるもの以外はさっさと倒す。仲間を呼ばれる前に離れないと、余分な戦いでこっちが体力を消耗《しょうもう》してしまう。

「あ、そろそろ魔獣と接近しそうだね」

「そうですわね」

クインさんが進行方向の先、右斜め前方を見つめながら言うと、クリスティアナちゃんも頷く。

空中の画面には、僕達がいる場所より少し離れた位置に数体の危険な魔獣の反応があった。

「今回の魔獣は、魔草と共生している種類だから気を付けて」

クインさんが皆に注意を促した後、クルゥ君が口を開く。

「じゃあ僕の能力で魔獣の動きを止めるから、そこをケントとクリスティアナで突っ込んで最初に魔草を倒しちゃって」

「はーい」

「分かりましたわ」

「それじゃあ、行くか！」

クインさんが先ほど僕にしてくれたのと同様に、皆の肩に触れて特殊能力を使用する。

強い魔獣相手とのことで緊張した面持ちだったデレル君が、いつもの落ち着いた状態に戻り、僕達の周りに保護魔法をかける。

「それじゃあ行きますわよ、ケント」

「うん！」

先陣を切るようにして駆け出すクリスティアナちゃんの横を同じ速さで走りつつ、『魔獣合成』で、足音を消して早く走れる魔獣の一部を足に合成した。

「皆、一度耳を塞いで――『止まれ！』」

クルゥ君の指示に全員が走りながら耳を塞いだ。

口にした命令を対象に強制させる、クルゥ君の能力――魔声《ませい》によって動きを止めた魔獣の横を通り過ぎる。

攻撃を仕掛けてこようとする魔草を、僕とクリスティアナちゃんが切って切って切りつくす。

僕達二人が倒しきれない分は、デレル君とクルゥ君が炎系の魔法攻撃で焼き払う。

「クリスティアナ、ケント君、魔声が効かなかった魔獣が来るから気を付けて！　デレルはもう少し後ろに下がって、クルゥは火が他に燃え広がらないように周囲も見て！」

クインさんは皆に的確に指示を出して、自分も出来る範囲でサポートしていた。

僕は皆が見ていないところで『影渡《かげわた》り』を使ってスゥッと地面に潜って泳ぐように移動した。

魔獣達が見ていない方向へと進んで、木の陰からそっと地上に顔を出して——魔獣の背後をとった。魔獣達は、皆の前方からの攻撃に気をとられていた。足音を消している僕の存在に気付くのが遅れたところを後ろから攻撃すると、統率が乱れた。

そうなるとこっちのもの。あっという間に討伐完了出来たのだった。


「ふわぁ〜、終わったらどっと疲れが出るな」

クインさんの能力が切れると、デレル君が地面に座り込んだ。

お疲れ様と笑いながら回復薬を手渡すと、一気飲みしていた。気持ちいいほどの飲みっぷりだ。

本当は『魔獣・魔草との会話』も使ってみたかったけれど、皆と行動している時に、急に僕が魔草に話しかけたりしていたらドン引きされそうだし、やめておいた。

「ねぇねぇケント、この魔獣はどういう料理になるの？」

「そこはバーベキューパーティー時のお楽しみ」

袋を渡されながらクルゥ君に聞かれた僕は、ちょっともったいぶるように答える。

当日のお楽しみは取っていた方がいいでしょ。

「はぁ、やっと全部獲り終えたな」

魔獣の素材が入った袋を腕輪の中に入れたクインさんが溜息を吐く。

けっこう強い魔獣や魔草だったけど、僕達が力を合わせたらそんなに難しくはなかった。

稽古での特訓の効果もあって自分達の実力がかなり上がったからか、戦いやすかったな。

「食材はこれぐらいでいいかな」

「了解、依頼内容の魔獣や魔草も獲り終えたし、それじゃあギルドに戻るとするか」

僕の言葉を聞いたクインさんが頷くと、そのまま貸してもらった指輪とデレル君の魔法ですぐにギルドに戻ったのだった。


「わぁ！　この依頼内容をこんな短時間で終えたの⁉」

受付ではアリシアさんが対応してくれた。借りていた指輪や道具類を皆で返却してから、依頼内容の素材が入った袋を差し出す。

「普通なら数日単位で攻略するものなんだけどね」

そう言いながら、アリシアさんが皆の分の報酬を分けて支払ってくれる。

「お疲れ様でした、またよろしくお願いいたします」

頭を下げる彼女に、バーベキューの日にお待ちしてますと伝えてから、僕達はギルドを後にする。

「いやぁー、即席パーティも楽しいものだな！」

「そうだね」

「たまにはこういうのもいいよね〜」

デレル君が満足げにいうのを聞いて、クルゥ君と僕も同意する。

クインさんとクリスティアナちゃんは、その話には入らず二人で何かをコソコソ喋っていた。

どうしたんだろうと不思議に思っていたけど、クインさんは何でもないと首を振りながら笑う。

「？」

「あはは、本当に気にしないで」

「こちらのことですので、お気になさらず」

なんか引っかかる言い方だなぁと首を傾げていると、デレル君が足を止めた。

リーゼさんから魔法で連絡が入り、一度魔法薬師協会に戻らないといけなくなったようだ。

「今日は急に呼び出してごめん！　来てくれて助かったよ！」

僕がお礼を言うと、デレル君はふわりと浮き上がって、そのまま光を纏《まと》い出す。

「こっちも楽しかったよ！　それじゃあ、バーベキューパーティーで！」

デレル君が、その場からパッと消えた。

「兄様達はどうする？」

「夕食は暁で食べていきますか？」

デレル君が去ってから、クルゥ君と僕でクインさん達に尋ねる。

「いや、今日はもう帰って、バーベキューパーティーを楽しむために仕事を早めに終わらせるよ」

「私も同じですわ」

「分かりました、じゃあまた後日！」

二人とも別れ、僕はクルゥ君と暁に戻る。

「お腹空いたぁ～」

「今日は何を食べたい？」

道中で、今日のご飯について聞くと、クルゥ君が思いついたように答える。

「んー……海鮮ドリア！」

「お、いいね。ダンジョンでいろんな海鮮系の魔獣を獲ってきたところだったから、期待してて」

「やったぁ～！」

こうして、僕達の材料調達のための即席パーティは終了したのだった。

それから数日かけて下準備をして、待ちに待ったバーベキューパーティー当日。

外で食事をするには絶好の天気で、気持ちのいい日だった。

前日からラグラーさんとケルヴィンさんがピザを焼くための窯《かま》や、バーベキュー用の焚《た》き火《び》台や網、アウトドアチェアやテーブルなどを即席で作ってくれていたので、暁の庭が様変わりしている。

本当に皇子様なんですか？　と言いたくなるレベルでラグラーさんのもの作りはプロ級だ。

食材はある程度仕込んでいたので、あとは炭に火をつけて焼くだけの状態だ。

フェリスさん達大人組は「お酒をたくさん飲むぞー」と叫んでいたので、バーベキューパーティー後半はカオスになっているかもしれないねとクルゥ君と笑い合う。


お昼ごろになって、招待していた人達が、移動魔法陣で続々とやってきた。

最初に来たのが、ラグラーさんの兄のシェントルさん。それからその友人のアーヴィンさん、クスマさんの三人だ。シェントルさんは皇家秘蔵のお酒を手土産にいっぱい持って来ていた。

暁の大人達がこぞって盛り上がる。

ラグラーさんなんていつもはシェントルさんに近寄りたがらないのに、そのお酒を見た瞬間に「いやぁ～。持つものはやっぱり頼りになるお兄様だな！」なんて言っている。

現金なものだ。

それからアッギスさん一家や、ギルド職員のリークさん、ミリスティアさん、アリシアさんが到着する。最後に、チェイサーさん、カイラさん、デレル君とリーゼさんがバラバラに来たところで、声をかけていた全員が揃った。

各々が空いている席についたのを確認すると、フェリスさんがお酒が入ったグラスを持ち上げる。

「皆さ～ん、今日は飲んで食べて楽しんでいってくださぁーい」

簡単な挨拶とともに乾杯をして、バーベキューパーティーが始まった。

最初は暁の大人たちは皆で固まって食事していたんだけど、すぐに自分達が気になる料理の方へ散り散りになる。

僕は下ごしらえを済ませた食材を網の上に置いていったり、ピザ窯にピザ生地を入れてどんどん焼いたりと調理を進めた。

焼いているピザは定番のマルゲリータから始まり、魚介がたっぷり入ったペスカトーレやチキン・サラミ・唐辛子を使ったディアボラなど、何種類も用意している。

他には、四種のチーズに蜂蜜をかけて食べるクワトロフォルマッジや変わり種のチキン照りマヨ……など。

見慣れないものが多いのか、皆どれを食べようか悩んでいた。

焚火台の網で焼いているのは、ボリュームのある、リブロースに似たステーキ肉やラムチョップのような骨付き肉だ。その横で、一口サイズにした、ミノやセセリっぽいお肉、大きなソーセージやフランクフルト、トマトやアスパラなどの野菜に薄いお肉を巻いて串で刺したものなども置いている。ジュ～ジュ～と美味しそうな音に惹かれて、皆が集まってくる。

別の焚火台の上には、小さな可愛らしい鍋が置いてあり、チーズフォンデュを楽しむことが出来るようにしている。

一番最年少のお客さん――アッギスさんとミルティーさんの子供であるアーミルちゃんのことを考えて、彼女にはワンプレートのお子様ランチを作っておいた。

スパゲッティ・海老フライ・ハンバーグ・ハート形の旗がついたオムライスが盛り付けられたプレートに、アーミルちゃんはとても目を輝かせて喜んでくれた。よかったよかった！

しばらくは、皆あちこち動き回りながら食事を楽しんでいたのだけれど、徐々にお気に入りのポジションが決まった人達がちらほら出始めた。

串系のお肉を焼く網の近くには、デレル君とリーゼさんがいた。

「リーゼ、それはまだ早い。これならいい」

デレル君は意外と焼き加減にこだわりがあるのか腕を組んでジーッと見つめながら、焼き奉行をしていた。

カイラさんとミリスティアさん、それにアリシアさんの女性三人組はチーズフォンデュのところに陣取っている。

好きな野菜やウィンナーなどをチーズにつけて、目にも止まらぬ速さで食べていた。

減っていく食材をケルヴィンさんが同じ速さで補充していて、なんだかわんこそばの店員さんみたいだな～と思ってしまった。

ピザ窯のところでは、クルゥ君が火の調節をしながら焼いていて、その近くでアッギスさん夫婦が出来上がったピザを食べながらワインを飲んでいる。

アーミルちゃんのお世話は、「私がお子さんの食事を手伝いますので、お二人は食事やお酒を飲んで楽しんでください」と言ったクインさんが担当している。

クインさんはクルゥ君とクリスティアナちゃんが小さい頃にお世話をしたことがあるからなのか、子どもの面倒を見るのにとても手馴れていた。

ちなみに、アーミルちゃんは美少年で優しいクインさんに秒で懐いていた。

「うちの子、面食いなのよ」とミルティーさんが笑って言っていた。

それを見たアッギスさんも苦笑しつつ、食事を楽しんでいるようだった。

カオツさんはお酒を飲みながらステーキを焼いていた。

出来上がったらナイフでカットしてソースをかけ、自分で食べつつも、他の人に提供している。

フェリスさんとグレイシスさんは、チェイサーさんやその他の大人達と、シェントルさんが皇家から持って来た秘蔵のお酒を嬉しそうに飲んでいた。

皆幸せそうで何よりだ。

時間はあっという間に過ぎていき——気付いたら三時間ほどが経過していた。

あれだけ準備した食材も、ほとんどが完食されて、なくなっている。

今はデザートを食べたり、口直しの漬物をつまんだりしながら、まったりとしていた。

大人組はリークさんとアッギスさん以外は、お酒を飲んでほろ酔い状態だった。

ちなみに、アッギスさんの奥さんであるミルティーさんはザルらしく、涼しい顔で強いお酒をガンガン飲んでいた。全く酔っている気配もなく、暁よりすごい酒豪《しゅごう》っぷりに衝撃を受けた。

「はぁ……本当にケント君が作る料理は美味し過ぎるね。もうこれなしじゃ生きられないんじゃないかと思うほどに」

「前も言ったけど、ケント君にお嫁に来て欲しいわ～」

シェントルさんとカイラさんのやり取りを聞いた皆が、僕を見ながらウンウンと頷く。

「「「確かにー！」」」

そんな風に言ってもらえると照れてしまうな……と思っていると、隣で浅漬けをポリポリ食べていたチェイサーさんのグラスが空になっているのに気付く。

僕はサッとグラスに新しいお酒を注いだ。

「ケント君ったら……気遣いまで出来ちゃう子なのね」

「あははは、そんなことないですよ～」

地球では社畜生活が長く、接待もお手の物だった僕にとって、これくらいどうってことはない。

美味しそうにお酒を飲んでいるチェイサーさんと、その隣で焼きマシュマロを頬張っているグレイシスさんを見ながら、ふと思い出したことを聞いてみる。

「そういえばチェイサーさんとグレイシスさん、お知り合いだったんですよね」

「ん？　あぁ、そうね」

「ほぉふなんふぉ～……あっふぃっ！」

焼きマシュマロが熱くて口の中を火傷したのか、グレイシスさんが冷たい飲み物をがぶ飲みする。

「大丈夫ですか？」

「めちゃくちゃ熱かったけど大丈夫……そうそう、以前ケントと一緒に花粉を採取した白笛畑があるでしょ？」

「変化形の魔法薬を常用している人が必要としている、魔法薬の素材になるものですよね」

「そうそう！　私って今は本来の姿でいることもあるけど、以前は人間の姿をずーっととってて、その魔法薬が必要だったのよね。当時はまだ駆け出しの魔法薬師だったから、めっちゃ高い魔法薬を買うにもお金がなくてさ～。自分で調合しようにも、咲いてるのが上級ダンジョンの深層階で、素材自体の入手も高難易度過ぎるし、魔法薬師協会で購入するにはバカ高くてね……」

グレイシスさんは当時を思い出しているのか、懐かしそうな感じで話している。

「どうしようかもの凄く困っていた時――出会ったのがチェイサーさんだったの」

「そうなんですか!?」

「そうみたい～」

グレイシスさんの話に驚いてチェイサーさんにそう聞くと、彼女は笑いながら答える。

けっこう酔ってますね？

「いやぁ～、ちょーど白笛の種をダンジョンで多く採取したから、デレルがいる魔法薬師協会にでも卸してあげましょ～って思ってた時の話ね。協会の入り口で絶望したような顔で突っ立ってるお嬢ちゃんがいたのよ。気配から同族って分かったから、話を聞いて、白笛の種を分けてあげたの～」

「その女の子が……グレイシスさんだったんですね」

「そうよ。チェイサーさんからもらった種を植えて、あの白笛畑が出来たわ。白笛畑があることによって、魔法薬の素材を安全な場所で多く手に入れて調合出来るようになったし、チェイサーさんは私の『恩人』の一人よ」

「凄い繋がりですね……でも、フェリスさんを通して出会っていてもおかしくないのに、今まで出会わなかったんですね」

「ホントにねぇ～」

「くぅぅっ！　フェリスがいつも誘ってくれてたお茶会を面倒がって拒否していなかったら、もっと前に出会えていたのにぃーっ」

悔しがるグレイシスさんを見て、僕は苦笑する。

使役獣同士でごはんを食べていたスペースからイーちゃんが抜けてきて、僕の足元にトテトテやって来た。《だっこぉ～》と言いながら飛び跳ねる。

抱き上げて膝の上に乗せてあげると、イーちゃんが満足したように目を閉じた。

「お兄様、ケント、ちょっとよろしいかしら？」

イーちゃんの頭を撫でているところで、少し離れた所にいたクリスティアナちゃんが僕とクルゥ君に声をかけてきた。

「どうしたの？」

「この前皆さんで即席パーティを作ってダンジョンに魔獣討伐に行きましたけど……どう考えても、お二人共ともランク以上の実力があるじゃないですか。なのに、なぜ昇級試験を受けてAランクになりませんの？」

「「え？」」

クリスティアナちゃんの問いに、僕達は二人で首を傾げる。

僕達がAランク冒険者？　全然考えたこともなかった……

僕達が呆然としていると、クリスティアナちゃんがクインさんに声をかける。

「ね、クインお兄様」

「うん、そうだね。二人はもうAランクになっていてもおかしくはない実力を持っていると思うよ」

この前ダンジョン後にクインさん達がひそひそ話していたのはこのことだったのかな？

僕が考えていると、リークさん達も近付いてきた。

「確かに、師匠と一緒にダンジョンに行くっすけど、最初とは比べられないほど強くなったっすね」

「うん。かなり強い魔獣や魔草の討伐依頼もここ最近は難なくこなしているしね」

「依頼者からの信頼も厚いですよ」

アリシアさんとミリスティアさんも口々にそう言う。

話を聞いていたアッギスさん夫婦とカイラさんが「おぉ～！」と感嘆の声を上げた。

「それに、稽古をしていただいているカオツさん以外の……ラグラーさんやケルヴィンさんも、絶対にAランク以上の実力の方々ですわ。それに、周囲の敵を一瞬で滅ぼせるぐらいの攻撃魔法をぶっ放すグレイシスさんだって……どうして暁はこんなにもパーティランクを低くしているの？」

突然の質問に、フェリスさんとカオッツさん以外の暁のメンバーが困ったように口を開く。

「いや、そんな……自分の実力がAランクに達していると思わなくって」

「うん、ボクも」

僕とクルゥ君は、単純に実力不足だと感じていたから……

しかも僕は、最初に在籍していた『龍《りゅう》の息吹《いぶき》』でAランク昇級試験を受けていたメンバーが、かなり大変な思いをしてようやく受かっているのを見ていた分、より実力が足りないと感じていた。

「だって、魔法薬でそれなりに稼げちゃってるから、別にそこまで上げる必要もないし……」

「ん？　それは試験を受けるのが面倒だからだ！」

「………他も受けていないから、なんとなく？」

しかし、他の面々はそんなに大きな理由はないようで……

クリスティアナちゃんはとても大きなため息を吐いて、「信じらんないですわ」と呟いていた。

グレイシスさんの、魔法薬師としてかなり稼いでいるから、わざわざ冒険者で稼ぐ必要がないというのはまだ分かる。

けれど、ラグラーさんとケルヴィンさんの受けない理由には、流石に僕も唖然としてしまった。

「ちょっとあなた、自分のパーティメンバーがこんな理由で昇級試験を受けなくていいんですの!?」

クリスティアナちゃんがフェリスさんのもとにズカズカとやって来て、呆れ気味に言う。

フェリスさんは、ポリポリと指で頬をかきながら苦笑いする。

「う～ん……個人のランクは、私が無理強いするわけにもいけないからね」

「でも、グレイシスさんは興味を示さなかったけれど、Aランクパーティの報酬は、それまでのランクとは比にならないくらいの報酬になるんですわよ？　守銭奴《しゅせんど》のあなたがそれを無視するなんて、意外ですわね？」

「――ハッ！」

クリスティアナちゃんの指摘に、フェリスさんは天啓を受けたように目を見開いてハッとする。

「そうだった……ランクで報酬がかなり変わるんだったわ！」

フェリスさんの態度が変わったことに、カオツさん以外のBランクである僕達は嫌な予感がした。

「うぉーいっ！　このバカになんて情報を与えやがる！」

口元を引き攣らせながら、ラグラーさんがクリスティアナちゃんを睨み付ける。

だけど――

「この私に指導をする側の人間が格下ランクなんて、ごめんですわ！」

クリスティアナちゃんがそう一蹴した。

なんかもうこの流れって……とフェリスさんの方を見れば、案の定フェリスさんはにっこり笑って言った。

「あんた達、これからAランク昇級試験を受けてサクッと合格しなさい。これ、リーダー命令ね」

久々にリーダー命令が発せられた。

楽しいバーベキューパーティーから一転、クリスティアナちゃんの一言で、次なる試練を与えられてしまった。

急に試験を受けることが決まった僕達を見て、シェントルさん達とカオツさんは「おー、頑張れよ」と他人事のように言った。

アッギスさん夫婦とカイラさん、リーゼさんは「頑張ってね」と応援の言葉をかけてくれた。

「すぐにでもAランク昇級試験を受けられるように手配しますね」

ギルド職員である三人は、既にお仕事モードだ。

その陰で、デレル君は自分が同じことを言われなかったことにホッとしていた。

新たな試練の幕明け

その日の夜。

バーベキューパーティーが終わり、片付けと帰るお客様達の見送りを済ませた後、暁のメンバーは思い思いにのんびりしていた。

それぞれお風呂に入ったり、次の日の仕事に備えて寝たり、まだ飲み足りないとお酒を飲み始めたりしている。

僕は疲れていたので自室に戻り、ベッドの上でゴロゴロする。

足元ではハーネとライ、それからイーちゃんもお腹いっぱい食べて満足したのかグッスリ寝ている。

「ふぅ～……楽しかったな」

今日は皆といろんなことを話せて楽しかった。

本当はカオツさんのお兄さん——カルセシュさん達も誘おうとしたんだけど、今は魔獣討伐で他国に出かけていて会えなかったんだよね。次回はぜひ来てほしい。

そんなことを思いながら、今度受けるAランク昇級試験のことを考える。

フェリスさんから聞いていた昇級試験の情報を、僕はぼんやりと思い返す。

Aランク昇級試験は、それまでの昇級試験と比べて難度が格段に上がる。

捕獲対象の魔獣や採取対象の魔草も、簡単なものでも中級ダンジョンの中階層から深層階に棲息しているものだから、本当に危険度が高い。

思えば、Bランク昇級試験で討伐対象だった魔獣や魔草は、当時の僕はかなり強く感じていたけど……今なら簡単に討伐出来てしまう。

昇級試験はギルドに申請すればいつでも受けられるし、それなりに実力があれば試験期日ギリギリまで使ってなんとか合格して、Aランク冒険者になれる人は多い。

そう、頑張り次第では、試験に合格するところまでは出来るのだ。問題はAランク冒険者としての資格を維持するのが凄く難しいということ。

ギリギリのラインで合格出来たとしても、Aランクの依頼を長期にわたって達成出来なければ意味がない。何度も依頼を失敗してしまうと依頼主からの信頼を失う原因にもなるし、ギルド内外でも噂が広まってしまう。最悪降格になってしまう場合もある。

そう言った理由から、どのギルドでも、Aランク冒険者としての資格を持つ人の数がグンと少なくなっているんだって。

Aランクから依頼の紙に『命の保証なし』という一文が記入されるらしい。

Aランク昇級試験自体も、合格することまではなんとか出来ると言ったものの、決して楽な道ではない。

僕が『龍の息吹』にいた頃に見かけた、昇級試験を受けた人は全員もれなく酷い怪我を負って帰って来ていた。

皆が皆、「今まで相対してきた魔獣の強さの比じゃない」と口を揃えて言っていた。

それに以前受けたBランク昇級試験と異なり、今回は事前準備が出来ない。

ギルドに行ったらそのまま試験場となるダンジョンへ飛ばされ、そこで初めて討伐対象となる魔獣・魔草の種類や数が知らされるのだ。

それに問題は魔獣や魔草の強さだけではない。

必要な物資や食料がなくなったとしても、自分の力でなんとか切り抜けねばならないし、どんな理由があったとしても試験場となるダンジョンから出た時点で不合格となるんだとか。

それを考えると、対策もたてられないし、万が一の時に態勢を立て直すのも難しい。

Bランク昇級試験の時にギルドから渡されたGPSのような機能のアイテムもない。

まさしく己の力だけで乗り切る試験になっていた。

「Aランク昇級試験……緊張するなぁ」

昇級試験は申請すれば、すぐに受けることが可能らしい。

ミリスティアさんやアリシアさんからは、いつでも対応出来ますよと言ってもらった。けれど、ある程度の期間ダンジョンに潜ることになるなら、いろいろと必要になりそうな物を揃えたりする時間が必要。

それを踏まえて、試験を受けるのは一週間後にしようと全員の話し合いで決めた。

僕の場合は『ショッピング』があるから無理をして何か買う必要はないんだけど……どちらかと言えば、一緒に試験を受ける皆や、お留守番をするフェリスさんとカオツさんのごはんが心配だ。

自分自身のことで言えば、新しいアプリをもう一つ解除して、使えるようにしようかなぁ～と悩んでいるくらい。

つい最近『魔獣・魔草との会話』という新しいアプリが使えるようになったばかりだが……今日の朝『ショッピング』を使おうとタブレットを開いたタイミングで、『Ｎｅｗ！』のお知らせとともに、さらに新しいアプリが出ていた。

『使役獣』のアプリのレベルアップも可能になっていたし、その辺を試したいと思って、ロックの解除だけ済ませていたのだ。

【Ｎｅｗ！　『光《ひかり》の加護《かご》　Lv１』】

【『光の加護』――魔法・物理攻撃が効かないアンデッドや闇の精霊だけにダメージを与えることが出来ます。また、生きている人間や動物、使役獣などの、魔法薬では治せない精神・状態異常を正常に戻せます】

【※『専用のステッキ』はアプリのレベルが上がるごとに形状が変化します】

【※ステッキを持っている状態なら、常に使用者に『光の保護膜』がかかり、アンデッド・闇の精

霊からの攻撃をある程度防ぐことが可能。レベルが上がれば上がるほど防げる確率は上がります。攻撃をする場合はステッキをかざし『浄化《ピュリフィケイション》』と唱えてください】

新しいアプリの内容を見て、今までとはまた違ったものがきたなと感じた。

課金……すげぇー高かったけど……

多分だけど、説明にある『アンデッド・闇の精霊』は、上級ダンジョンにしかいないんだと思う。

以前リークさん、ミリスティアさん、アリシアさんと一緒に行った『ロルドレック山脈《さんみゃく》の亡霊《ぼうれい》』という上級ダンジョン——上級ダンジョンの中でも更に危険なダンジョンの中で亡霊というものがいたけど、あぁいうものにだけ攻撃が可能なのかもしれない。

確か闇の精霊は、元は善良な精霊だったらしいけど闇落ちしたものだと教えてもらった。

人以外にも動物といった生あるもの全て——魔獣にも強力な呪いをかける危険な存在で、下手をすれば一発で死んでしまう強力な呪いをかけてくるんだとか。

たぶん、そういう危険な闇の精霊のようなものから守り、かつ攻撃まで出来るのが新しいアプリ『光の加護』らしい。

そう言えば闇の精霊の厄介なところは、呪いを受けた場合、その呪いの強さに関係なく解呪するのが難しく、アイテムを使っても防げないことだとミリスティアさん達は言っていた。

しかしこのアプリには、魔法薬では治せない精神・状態異常を正常に戻せますと記述がある。

つまり、アプリのレベルを上げていけば、解呪するのが難しい闇の精霊の呪いでさえも、なんとか出来るのかもしれない。

もう一つ気になるのは、『専用のステッキ』という言葉。

さっきからすっごく興味が引かれていたんだよね。

ワクワクしながら『光の加護』を起動させると——

僕の左手に眩い光が集まる。

「おぉぉ！　これはめっちゃカッコいいステッキが出てくるんじゃゃ——ん？」

光が収縮してステッキの形に変わり、光の輝きが収まってその姿を現す。

形成されたステッキを見た僕は「んん〜？」と唸りながら首を傾げた。

「……んー」

ステッキを目の前に持ってきて、いろんな角度から見る。先端には星の飾りが付いていた。

「……ふむふむ」

上下左右から見たり、ちょっと振ってみたり……

「……あーなるほどねぇ〜」

僕はウンウンと首を振りながら、思わず笑ってしまった。

どこからどう見ても、女の子向けアニメに出てきそうなステッキだ。

会社の先輩の娘がハマっているということで見せてもらったことがあるから何となく知っている。

「う～ん、この形が悪いって訳じゃないけど……ちょっとこれを持って振り回すのはちょっとな」

アプリを見ると、このステッキはレベルが上がれば形状が変わるらしいし……見た目を気にならない形にしておこうかな。

さっそく、現時点で上げられる限界のLv４まで上げてみた。

あっという間に、今ある貯金の半分が消し飛んでしまった。

魔法薬の売り上げや、シェントルさんに料理やチョコレートの作り方を提供した見返りにもらった報酬があるからお金は貯まっていた。

とはいえここ最近、新しいアプリを使えるようにしたり、レベルを上げたり、アプリの使用だけでもお金が減ったりしている。しかも、『ショッピング』でいろいろと購入しているから出費が多い。

「……うん、このお金の減り具合を考えると、Ａランク冒険者になって高い依頼報酬をもらえるようにしないと、お金が底をつきそうだ」

全てのアプリレベルを最高にするには、いったいどれほどのお金が必要なんだろう……

ちょっと想像するのも恐ろしい。

頑張ってAランク冒険者になってお金を稼ぎまくらないとな、と決心する。

「でも……ステッキは高額課金したかいがあるものになったかな」

最初は、三十センチくらいの玩具《おもちゃ》のような大きさと形のステッキだったけど、今では長さが一メートルくらいの王笏《おうしゃく》のような物に変化している。色も黄色から真っ白になっていた。

先端に付いていた星は、水晶《すいしょう》の素材に変わっており、光を受けてキラキラと光り輝いている。

「うんうん、『光の加護』のアプリに相応しい形になったんじゃないかな。凄く綺麗だな」

星型の水晶以外全て純白で出来ていて、一切の汚れを寄せ付けないような神聖な雰囲気が出ていた。

「これ、持っているだけで闇を祓《はら》うことが出来そうだよね」

そう言いながら試しに自分に使ってみる。

「『浄化《ピュリフィケイション》』」

持ち上げた王笏の先端——星形の水晶から、キラキラと光る銀色の粉のようなものが舞い落ちる。

幻想的な光のシャワーを見ながら、無意識に右手を差し出すと、銀色の光の粒が手の平に触れた。

それから一瞬肌の上で光がとどまった後、肌に吸収されるかのようにその粒が溶けて消えていった。

「おぉ、綺麗だなぁ〜……ぁぁぁ」

僕は、そのままベッドの上に背中からバタリと倒れた。

コロコロと手から転がり落ちた笏は、ベッドの上から地面に落ちる前に消えてしまった。

笏を手離したことによって、アプリが自動的に終了するが、何が起きたか分からずに、僕はタブレットを再度開いた。

「んぇ？　一体どうしたんだ？」

空中に浮かぶ画面を確認して、僕は驚く。

【魔力の残りが5％以下になりました。ただちに魔力回復の魔法薬をお飲みください】

こんな警告が出てきたのは凄く久しぶりだ。

かなり前に『魔法薬の調合』のアプリを初めて使った時以来かも知れない。

あの時は、アプリを使って魔法薬を調合するのに、どれほどの魔力が消費されるのか知らなかった。気付かずに作り過ぎているうちに、魔力が10％以下になってしまって、これ以上調合出来ないと表示されたんだよね。

その時は普通に動けたし、具合が悪いとも感じなかったけれど……

今回の残量は、その時の半分ほど。

体に力が入らず、慌てて腕輪の中から魔力回復の魔法薬を取り出した。

力が入らないから凄くゆっくりとした動きになるし、腕が震えて口から魔法薬がこぼれそうになるしで大変だ。

「はぁ〜……びっくりした」

めっちゃ高品質な魔法薬を十本連続で飲んだところで、ようやく調子を取り戻す。

「確か魔力が3％以下になると、行動不能になるって書いてあったはず」

今回は、行動不能になる一歩手前あたりで、力が入らなくなる程度で済んだから良かった。

これが行動不能になっていたら、僕は一体どうなっていただろうか。

よく思い返せば、『光の加護』は起動させればステッキ——王笏が出てくる仕様で、【ステッキを持っている状態なら、常に使用者に『光の保護膜』がかかり……】とあった。

つまり、王笏を持っているだけで魔力が消費することになるわけだ！

怖っ！

「あぶなかったー！　ダンジョン内じゃなくて、ここで試しに使ってみて良かったぁーっ！」

心の底からホッとする。

最初に使うのがダンジョン内だったら、今頃どうなっていたことか。

気付かないうちに魔力を消費し続けて、いつの間にか倒れていた可能性もあったわけだ。

想像しただけで身震いしてしまう。

それに王笏という形状なのも、ダンジョンを探索する上では邪魔になりそうな気もする。

魔獣に突然襲われた時に、剣を引き抜くにしてもタイムロスになりそうだし……

どうしたものかと考えていると、タブレットからピロンッ♪　と音が鳴る。

画面を見れば、**【課金すれば、ステッキの形状を変更することが出来ます】**と表示が出ている。

「形をこれ以外に変えられるのか？　凄いじゃん！　でも、やっぱり課金なのか……」

どれくらいの金額がかかるんだろうとビクビクしながら**【変更】**のボタンを押したら、腕輪・指輪型に変更するのが一万レン、ネックレスが二万レンと表示された。

やっす！

いや、形状の変更だけなら、そんなにお金はかからないかもと思いつつ、今までのタブレットの課金金額からすれば、高額を請求されてもおかしくないと考えていた。

だからこそ、あまりの安さに驚いてしまった。

ゼロ一つ少ないんじゃないのかな？　と思って確認しても、変わらなかったので、すぐに『ネックレス』に変更した。

それから画面を操作して、このアプリを起動させている間は、常に魔力を回復させる魔法薬を自動で使うように設定しておく。

これで、このアプリを使っている間に魔力が枯渇《こかつ》してぶっ倒れることもなくなる。

もう一度『光の加護』のアプリを起動させると、僕の首元に光が集まった。

ステッキについていたものと同じ星形の水晶が施された、白いチョーカー型のネックレスが装着される。

ネックレスは、ほんのりと淡く発光した。

「うん、これなら邪魔になることもないな」

確認し終えてからアプリを閉じると、ネックレスも光に戻って消えていった。

「あとは『使役獣』だけど……これは明日庭先で確認してみよう」

バーベキューに、新アプリのお試しにと、だいぶ疲れが溜まってしまった。

イーちゃんが僕の顔の横にトテトテとやってきて、僕はそのふわふわの毛を感じながら、そのまま目を閉じた。


——翌日。

「よぉ～し！　午後の買い物の前に、今日は『使役獣』のアプリがどんなものか調べようか！」

暁の庭で、使役獣の皆にそう声をかけると、《は～い！》とハーネが一等賞で僕の前にやって来た。

その次にライ、レーヌ、エクエスがぞろぞろと集まる。

イーちゃんは、初めから僕の頭の上に乗っかっている。

タブレットを開いて『使役獣』のアプリを起動させると、皆の名前の横に、進化出来ることを示す『☆《スターマーク》』が表示されている。

イーちゃんの隣には、特に『☆』表示がなかった。

なんでだろう？

元々イーちゃんは、魔獣の赤ちゃんがいた場所から付いてきちゃって元の場所に戻せなかったから、テイムした魔獣だ。

イーちゃんが表示されている枠を確認してみても、ほとんどの情報が『？』になっていて見れないのだ。

そんな状況だから、どんな魔獣なのかちゃんと分かってなかったんだよね。

見るには、アプリのレベルをもっと上げる必要があるのかも……イーちゃんは、めっちゃ凄いレア魔獣だったりするのかな。

でもこれ以上、『使役獣』のレベルを上げるには、お金の消費がとんでもないことになるので、またもう少しお金を貯めてからかな。

ということで、今回はハーネ達の進化を進めることにした。

【魔獣を進化させますか？】

『はい』のボタンを押すと、二つの選択肢が出てきた。

【『ウィンドフォット』に進化】
【『風斬蛇《かざきりへび》』に進化　※これ以降進化しません】

僕は、今後も進化出来る方を選ぶ。

【『ウィンドフォット』に進化します。進化完了まで十分お待ちください】

今までより進化時間がかかるんだな、と思いながら、待っている間にライの進化を始める。
ハーネと同じように、二つの選択肢が出てきた。

【『ラスディート』に進化】

【『二角猛狐《にかくもうこ》』に進化　※これ以降進化しません】

『ラスディート』の表示をポチッと押す。

【『ラスディート』に進化します。進化完了まで十分お待ちください】

この調子で、レーヌとエクエスも進化の操作をした。

レーヌは『アーフェレスティス・女王』に、エクエスは『アーフェレスティス・女王専属近衛騎士《じょおうせんぞくこのえきし》』にそれぞれ進化させることに。

最後のエクエス進化時の**【『アーフェレスティス・女王専属近衛騎士』に進化します。進化完了まで十分お待ちください】**の画面が表示されたのを見て、僕は息を吐く。

「ふぅ、これで時間になるまで少し待つか」

皆の足元に魔法陣が浮かび上がる。

待っている間、僕はイーちゃんにお菓子を上げてのんびりする。

気付けば、ハーネの進化が終わっていた。

蜷局《とぐろ》を巻いていたハーネの頭から、脱皮をするときのパリパリっと割れる音が鳴る。

進化したハーネが、ググッと顔を突き出す形でゆっくりと起き上がりながら出てきた。

《ぷはぁ～！　気分はサイッコォー！》

「おぉ、ずいぶん成長したなぁ」

胴体自体はあまり変わっていないようだったけれど、翼が倍以上に大きくなっている。

それと目の周りに瑠璃色《るりいろ》のアイラインのような紋様がひかれていて、額には両端が尖った縦型の――マーキスカットされた宝石のようなものが埋め込まれているようだった。

アイラインと同じ瑠璃色でとても綺麗だった。何より喋り方が、今までの子供っぽい舌ったらずな話し方から、しっかりしたものへ変わっている。

進化したハーネの頭を撫でていると、続いてライの進化が終わる。

《おぉ！　力が漲《みなぎ》る！》

「ライも大きくなったね！」

体の大きさが、小型犬から大型犬に成長していて、尻尾の長さもさらに長くなっている。

瞳の色はエメラルド色だ。

中でも、一番の変化は鋭く尖る角だろうか。

先端はダイヤモンドのように透き通った透明な色をしているのに、額の近くは白っぽく、まるで先端から地肌に向けて白いグラデーションがかかっているような感じだ。長さも前より伸びている。

ハーネと同じで、話し方からも幼さが薄れていた。

どうやら成獣にはならないまでも、進化したことで精神年齢が少し成長したようだ。

人間で言うと、小学低学年から中学生か高校生くらいになった感じなのかな？

そう思っているうちに、レーヌが進化を終えて感動の声を出していた。

《……まさかこの種族に進化出来ようとは》

「レーヌは、ミツバチっぽい姿からスズメバチっぽいのに変わったね」

一回り以上大きいスズメバチのようなものに変化したレーヌは、頭には今までよりもしっかりとした王冠をつけていて、金ぴかな王笏と立派な真紅《しんく》のマントを羽織っている。

首元のふわふわな毛は、変わらずあって可愛い。

ほぼ同時に進化を終えたエクエスは、レーヌより少し大きくなっていて、体や羽が立派な姿になった。青いマントを纏っている自分の姿を見て感動しているようだ。

《俺が近衛騎士に……!?　双王《そうおう》様、一生付いていきますーっ！》

「うん、君は進化してもしなくても変わらないね」

その後も、進化して『近衛騎士』になったことに喜び叫んでいたエクエスは、《うるさいわっ》と、レーヌに王笏で頭を叩かれていた。

見た目を一通り確認した後、『情報』で皆の進化後のステータスを眺める。

ハーネは、今までは『風』系の攻撃魔法しか使えなかったけど、今回の進化で『水』系の魔法が使えるようになっていた。

翼が大きくなったことで、移動スピードもかなり速くなったようだ。

ライは元々大型種の魔獣なんだけど、まだ成獣になっていないから今は大型犬くらいの大きさでストップしている。使える魔法は、『雷』に加えて『氷』系が増えていた。

魔獣自体の説明は、大型系なのに機敏な動きをし、性格は攻撃的でかなり獰猛な種族と書かれているけど……僕を見上げるライの顔はまだ幼く、きゅるんとした目でブンブン尻尾を振っている。

『獰猛』とは真逆だった。

レーヌは進化したことにより、下位の虫系魔獣全般を使役出来るようになっていた。

もちろん同種のアーフェレスティスと毛長蜂も従えることが出来るようだ。

いろいろな収集能力もめちゃくちゃ上がっているらしく、今まで行けなかったような上級ダンジョンからも素材を採取出来るらしい。

エクエスは、純粋に攻撃力がめちゃくちゃ上がっていた。今までならお尻に生えている針で攻撃するのがメインだったが、魔法が使えるようになったらしい。

主に土系の魔法で、攻撃対象を土砂で流したり、土を相手の体に張り付けて固めて動きを封じてからアーフェレスティス全員で一斉攻撃を仕掛けたりするんだとか。

エクエスが言うには、一個体としての攻撃力は他の魔獣に比べれば低いが、数の暴力で強い魔獣にも勝つことが出来るようになるそうだ。

ふと、いつものようにライが《ご主人～！》と突進してきた。

一回り以上大きくなったライを、今までと同じように受け止められるはずもなく……

「ぐふぉっ⁉」

《にょわぁ～》

デカくなったライにぶっ飛ばされた。

ついでに頭の上にいたイーちゃんも宙を舞ったけれど、レーヌとエクエスが上手くキャッチしてくれたおかげで無事だった。

《えぇぇっ⁉　ご主人、ごめんねっ！》

《ライ……何やってんのさぁ～》

地面に倒れた僕の周りを歩き回りながら、ライはびっくりしたような感じで謝りまくる。

そんなライをハーネが注意していた。

「大丈夫だよ……」

僕はそう言いながら立ち上がる。

《おかしいなぁ～？　前はこうじゃなかったのに》

「あはは、体がかなり大きくなったからね。今までの感じで突進されたら、もう受け止められないかな～」
《えぇぇーっ！》
《我が主は人間で、能力を使っていない時はひ弱なのだから》
レーヌが冷静に、ライに説明していた。
流石に大型犬サイズのライに突進されて、平然とはしていられない。
「今後は抱っこをしたり肩に乗せることも出来ないね～」
そう伝えたら、ライはガーン！　と凄くショックを受けた表情をする。
《そんなの無理ぃーっ！》
そしてブルブルと体を震わせたかと思いきや、ピカッと体から光が発せられた。
何が起きるのか驚いて見ていると――見た目は進化した後の姿のまま、サイズだけ元の大きさに戻ったライが現れた。
「え、小さくなれるの!?」
《うん！　ライ、進化したから、今度からご主人の魔法薬を飲まなくても、体の大きさを自由に変えられる！》
「ほぇ～」

《我が主、ライの今の種族は巨大魔獣の一種ではあるが、常に大きな体で移動するには無理があるからな。体の大きさを変化させる能力を持ち合わせているんだ》

「そうなんだ」

再び姿を大きくしたライの頭の上で、レーヌが座りながらそう説明する。

ライも、その言葉にうんうんと頷いている。

「なるほどね～。進化すれば強さ以外にも、いろいろと出来ることが多くなるんだね」

勉強になるな～と思っていると、家の方からカオツさんが迎えに来てくれた。

そろそろ出かける時間とのことだ。

最初に僕のもとにやってきたカオツさんは、すぐに僕の使役獣達の変化に気付く。

「なんで全部進化してんだ⁉」

「あ、なんか進化出来ちゃったみたいで……」

僕がどう説明していいか分からず誤魔化そうとすると、カオツさんが首を横に振る。

「んなバカなことねぇ！　使役獣――つーか魔獣が進化するのなんて、単体でもなかなかお目にかかることが出来ねぇっつーのに、それが全員同時に進化するなんてどんな確率だよ！」

カオツさんにそうツッコまれて、僕は説明に困る。

ライの頭から飛び立ったレーヌが僕の肩に止まり、耳元でコソコソ話す。

《我が主、ここは『我が主の能力のおかげ』と伝えたら良かろう》

詳しく聞くと、僕の特殊能力が付与された食べ物を食べたり飲んだりして、なお且つ『主従関係』を結んでいることによって、普通だと考えられない現象が起こった――という説明なら、通常起きえないことが起きた理由になるんじゃないかという話だった。

レーヌの言葉通りに伝えると、カオツさんが呆れたように言う。

「なんつーか、『暁』はいろいろと規格外の奴らが多いが、その中でもお前は本当に特殊だよな」

レーヌの知恵でなんとか乗り切ることが出来た。

僕がレーヌにこっそりお礼を言うと、カオツさんが話題を切り替える。

「まぁいいや。それよりそろそろ買い物に行くぞ」

「はい、今行きます！」

僕はカオツさんにそう返事して、いったんハーネ達とはお別れする。

レーヌとエクエスは巣をもっと大きくする許可が欲しいとのことで、僕が紙にその要望を書いて手渡した。二人はその紙を持って、すぐにフェリスさんのもとへ飛んでいった。

ハーネとライは新しく手に入れた魔法の力を試してみたいと、ダンジョンに行って暴れてくるらしい。

それぞれにいってらっしゃ～いと手を振り、地面にいたイーちゃんを持ち上げて、肩に乗せる。

「じゃあ、イーちゃんは僕と一緒に買い物に行こうか」

《うん。いーちゃ、いっしょ》

「んじゃ、いくぞ」

「はい！」

歩き出したカオツさんの後に慌ててついていき、皆との待ち合わせ場所に向かう。


「あ、カオツとケントが来た」

僕とカオツさんが家の玄関先に向かうと、すでにいたクルゥ君がそう言った。

ラグラーさんとケルヴィンさんと一緒に、僕達を少し前から待っていたようだ。

「お待たせしました～、あれ？　グレイシスさんは一緒に行かないんですか？」

皆と合流してメンバーを見た後、グレイシスさんがいないことに気付く。

「グレイシスはいつも購入している化粧品《けしょうひん》の激安販売が夕方にあるから、その時にフェリスと一緒に必要な道具も買うそうだ。買い物は一度で済ませたいってさ」

「なるほど」

僕が頷いていると、グレイシスさん不在の理由を説明した後、カオツさんが愚痴《ぐち》をこぼす。

「てか、別に俺は行く必要はないだろうが」

今回試験を受けるのは僕とクルゥ君、ラグラーさんとケルヴィンさん、それからグレイシスさんだ。

カオツさんは、既にAランク冒険者なので受ける必要がない。

しかし、そんなカオツさんの言葉を聞いて、ラグラーさんとケルヴィンさんが口を開いた。

「いやいや、俺とケルヴィンは自分達が必要な物をまず集めなきゃならないだろ？」

「その間、カオツがクルゥとケントの買う物を見繕《みつくろ》ってくれたら、不必要な時間を取らずに済む」

「……む」

二人の言葉に納得したのか、カオツさんが口をつぐむ。

そこにクルゥ君が畳みかけるように言った。

「そうそう。それに、二人よりもAランク冒険者でもあるカオツに付いてきてもらって、必要な物を教えてもらった方が、ボクやケントにとっても絶対にいいと思うんだよね」

「カオツさん、お願いします！」

僕達のお願いに根負けしたのか、見た目に反して過保護で世話好きなカオツさんが頭をかいた。

「はぁ……サッサと行くぞ」

溜息を吐きながら歩き出すカオツさんに、皆が笑う。

カオツさんのあとに続いて、僕達は町へ向かって歩き出した。

「そう言えば、お前らはなんで今までAランク昇級試験を受けなかったんだ？」

道中、カオツさんがラグラーさんとケルヴィンさんにそんなことを聞いていた。

暁のメンバーになって二人の実力を知っているカオツさんは、なんで二人がBランクにいるのかいつも不思議に思っていたらしい。

「カオツはあの事件の後に『暁』に入ったから知らないんじゃない？」

クルゥ君がカオツさんの顔をチラッと見てからそう言うと、カオツさんは「……事件？」と眉間に皺を寄せた。

「うん。実は――」

それからカオツさんが入る前の話を、クルゥ君が語り始める。

かつてあった誘拐《ゆうかい》騒ぎそのものより、ラグラーさんとケルヴィンさんの身分が帝国の第三皇子とその側近の高位貴族だということに、カオツさんは衝撃を受けていた。

ラグラーさんのお兄さんは長男が帝国の皇帝で、次男が帝国にあるギルドマスター……と、次々出てくる情報に、カオツさんは唖然としたまま一言も発せなくなる。

クルゥ君が話し終えると、カオツさんはしばらく目をパチパチさせていた。

「こいつらが……帝国の皇子と高位貴族……だと？」

「おぅ！」

「なにか？」

ラグラーさんが胸を叩き、ケルヴィンさんがカオツさんの反応にそう問い返す。

「ケルヴィンは、まぁ言動や行動を見てればそうなのかもしれないとは思えるが……ラグラーは……威厳も何もないからぜんっぜんそんな風に見えねぇーな」

「お前……本人を目の前にしてよく言ってくれるじゃねぇーか」

口元を引き攣らせながらも笑っているラグラーさん。

その隣では、ラグラーさんよりは良いことを言われたと満足したのか、ケルヴィンさんがウンウンと頷いている。

その後も信じらんねぇーとボヤくカオツさんに僕とクルゥ君が笑っていると、僕達の話が本当なんだと納得したようだ。

「……それでAランクになるのを避けていたのは、自分の身分がバレやすくするのを防ぐためっていうところか……？」

カオツさんの質問に、ラグラーさんが上を向いたまま答える。

「まぁ、そうだな。Bランク冒険者の肩書きなら、あんまり目立たずに済むからな。まぁ、でも俺のことを知る人も増えてきたし、もう気にしなくていいかなって」

それからしばらく間が空いたかと思うと、カオツさんはニヤリと笑って「そうか……ところで皇子さま？」とラグラーさんを見た。

『皇子さま』の発音がどこか馬鹿にしたような響きに聞こえなくもない。

だけど、気にせずにカオツさんが提案する。

「お前、大国の皇子なら金持ちだろ？　こいつらの物資を揃えてやるくらい簡単じゃねぇか？」

「……あぁ！　それぐらい出せるぜ。年下のメンバーの為に俺からの奢《おご》りだ！　なんでも好きな物を買え！」

ラグラーさんがそう言って、懐《ふところ》からお財布を取り出すと、ぽ〜んっとカオツさんに放り投げる。

カオツさんは華麗にそれをキャッチして、中身を確認した。それからピューッ！　と口笛を吹く。

「へぇ、流石皇子さま。中身が俺らとは違うねぇ〜」

「えぇ〜、どれくらい入ってたの？」

「確かに気になる」

クルゥ君と僕で財布の中を覗くと……一万レン札がびっしりと入っていた。

「おぉぉ！」

「えっ、百万レン以上あるんじゃない!?　本当に使ってもいいんですか？」

二人で驚きながら聞くと、ラグラーさんが胸を張る。

「俺のへそくりの一部だから、景気よく使ってくれて大丈夫だ」

太っ腹なラグラーさんに僕とクルゥ君で「ありがとう！」と言うと、Aランク冒険者になることがお礼だと言ってくれたのだった。

町の強者たち

町に着いた僕達は、二手に分かれることにした。

僕とクルゥ君側は、道中話していた通り、サポートにカオツさんを連れている。

もう片方は、ラグラーさんとケルヴィンさんだ。

「それじゃあ、二時間後に噴水広場に集合な！」

そう言って、ラグラーさんとケルヴィンさんが先に噴水広場から離れていった。

「よし、それじゃあ俺達も必要な物を買いにいこうと思うが……まずは、お前達にとって絶対に必要な物を揃えにいくぞ」

カオツさんが、まるで先生のように僕達に向かって話し始める。

「僕達にとって」

「絶対必要な物？」

それはなんですか？　という感じで二人で首を傾げると、なぜかカオツさんに溜息を吐かれた。

「いいか？　Aランク昇級試験からは大怪我を負うのはもちろん、死ぬ可能性だってある。毎年Aランクの昇級試験で死ぬ冒険者は後を絶たない」

「う……そうだった」

「Aランクからはかなり危険なんですよね……」

改めて自分達が受ける試験の恐ろしさに、クルゥ君と僕が唸る。

「そうだ。それに昇級試験中はダンジョンから出られないし、出た瞬間『失格』になる。危険な魔獣や魔草がうじゃうじゃいる場所で怪我をして意識を失った瞬間、死ぬ」

カオツさんはそう言いながら、クルリと向きを変えて歩き出した。

近くにあったお店――『リッパ雑貨店』という看板が立てかけられているドアを開けて、中に入っていく。

慌てて僕達も中に入ると、そこは女性が好きそうなお洒落な内装のお店だった。

周りを見てみると、オシャレなキッチン用品や文房具、ガーデニング用品、バスソルトや石鹸などお風呂で使える物、洋服や靴類から魔法道具まで、いろんな物が置いてある。

「うわぁ～……こんな素敵なお店があるなんて、今まで気付かなかったよ」

「うん、ボクも」

二人で口を開けながら周りを見回していると、クスクスと笑う声が聞こえてきた。

声のした方へ視線を向けると、コッカー・スパニエルという犬種に似た犬の獣人さんが、僕達を見て笑っている。

「ふふふ、久しぶりにご新規様が来たと思ったら、こんなに可愛い子達だとはね」

「ヨーキ、久しぶり」

「久しぶりだね、カオツ君」

どうやら二人は知り合いらしい。楽しそうに挨拶していた。

「カオツ、知り合い？」

クルゥ君が口を挟むと、カオツさんがこちらを振り向いて言った。

「あぁ、俺の幼馴染なんだ」

「初めまして、この雑貨屋の店主、ヨーキです」

「ダンジョンに長期で潜る時、こいつによく世話になってるんだ」

「ほぇ～……あ、クルゥです」

「僕はケントです。僕達、カオツさんと同じパーティメンバーなんです」

「そうなんだね」

お互い挨拶し終わると、カオツさんが用件をかいつまんで説明した。

僕達がAランク昇級試験をこれから受けるから、それに必要な物を見繕ってくれるようにお願いしている。

「Aランク昇級試験か……」

ヨーキさんは顎に手を当て、考える素振《そぶ》りをする。

「ここ最近、ただ強い魔獣がいるようなダンジョンじゃなくて、特殊系のダンジョンが選ばれる傾向みたいだよ」

「特殊系ダンジョンか……厄介だな」

「うん。しかも精神攻撃を多く仕掛けてくるような魔草が多いダンジョン、アンデッド系のダンジョン、罠だらけな城の中を攻略するようなダンジョンみたいなのが多いと聞いているよ」

「え、そんなダンジョンが試験場所なの？」

「怖っ！」

僕達が二人で震えていると、カオツさんとヨーキさんが「そのために入念な準備が必要なんだ」と言う。

「ヨーキ、金はあるからお前が必要だと思える物を全て用意してくれないか？」

「分かった。ちょっと待ってて」

ヨーキさんはお店の外にあった『オープン』と描かれている看板をひっくり返して『クローズ』

にした。

「待っている間、お店の中を自由に見て回ってていいよ」

ヨーキさんがそう言ってくれたので、僕達はお言葉に甘えて商品を眺める。

僕個人としては、お風呂で使える小物品が置かれているスペースに興味があった。

いろんな香りが楽しめる石鹸やボディーソルト、体を洗うスポンジ、保湿クリームなどを見る。

『ショッピング』で購入するのも悪くないんだけど、時にはお店で見ながら買うものを決めるのも楽しいと思った。

クルゥ君も同じことを考えたようで、僕に向かって微笑みながら話しかける。

「ねぇ、ケント」

「ん？」

「この店、すっごく良いもの置いてるよね」

「そうだね。今回は試験に必要な物を購入するのを目的で来たけど……今度は暇な時にでもゆっくり見に来たいよね」

「ねぇ～」

「でも、こんなにいいお店があるの、今まで全然気付かなかったな」

魅力的な商品の数々を見回しながらそう言うと、僕達の話を聞いていたカオツさんが答えてくれた。

「あぁ、ここは冒険者としてAランク以上の資格を持つ人間以外には認識阻害の魔法が店全体にかけられているんだ。今回は俺と一緒だから入れている感じだな」

その他は、ヨーキさんのお友達だったり、このお店を知るAランクの人が紹介した人物だったりしか入れない。どうやら一見《いちげん》さんお断りのお店のようだ。

こういうお店の商品は、高品質で優良な商品が多く置かれている場合があるんだけど、その分めっちゃ高い。

このお店も、商品棚に表示される価格が他のお店に比べるとゼロが一つ多かった。

「はぁ〜い、お待たせいたしました」

広いお店の中でいろんな商品を見繕っていたヨーキさんが、手持ちカゴの中に物をいっぱいに入れて戻って来た。

ヨーキさんは僕達をお客様がくつろぐ用のスペースに案内した後、椅子に座るように勧めてくれた。

「それじゃあ、まずはクルゥ君の方から」

ヨーキさんはテーブルの上に買い物カゴを一つ置くと、カゴの中の物を一つ一つ取り出していく。

「カオツの話から推測して、君の武器の一つ――『声』の良さを最大限引き出せたら良いと思うんだ。そこで、声が周囲に届く範囲をかなり伸ばしてくれるチョーカー型の魔道具と、絶対に『声が枯れない』魔道具、『魔声』の制御をさらに安定させてくれる装飾品……このアイテムは、チョーカーに一緒に付けることが出来るよ。あとは一回使えば一日中眼鏡《めがね》が曇らないようにしてくれる眼鏡拭き」

「へぇ……魔道具にもそんな物があるんだ」

カゴから出てくる魔道具を見て、クルゥ君は感心したようだった。

「まだまだほんの一部だけどね」

それからもカオツさんから聞いた情報をもとに、クルゥ君用の物を出しながら説明する。

「まぁ、僕が見繕ったのがこんな感じかな。クルゥ君の感想はどうでしょう？」

「ボクは……いいかなと思うけど……カオツはどう思う？」

「まぁ、今のお前にはいい物が揃っているとは思うぞ。戦闘時や、怪我を負って逃げたい時に声が枯れて『魔声』が使えないって状況は絶対に避けたいから、そういう魔道具や装飾品は絶対に入れた方がいいだろうな。ただ、『魔声』を最大限生かせるような魔道具はチョーカーだけじゃなくて、他にもあった方がいいだろうな」

「なんで？」

「もしも攻撃されてチョーカーが千切れて使えなくなったら困るだろ？　腕輪型や指輪型のもあっ

たら予備で持っていた方が安全だ。あと、使役獣がどんなに離れていても呼べば近くに戻すことが出来る物もあればいい」

「なるほど……」

カオツさんの話にクルゥ君が神妙な表情で頷いている間に、ヨーキさんはすぐさまお店の隅にある小物コーナーのところから、数種類の腕輪と指輪が入った箱を持ってきてくれた。

「僕のところにあるものでクルゥ君に合いそうなのは、これくらいかな」

「ヨーキ、これは着けるとどうなるんだ？」

「あぁ、それは――」

そうしてクルゥ君の装備は、カオツさんがヨーキさんの説明を聞きながら、クルゥ君にも実際に着けさせて確認してから購入するという流れになった。

「それじゃあ次はケント君だね」

「はい、お願いします！」

何がくるかなぁ～とワクワクしていると、テーブルの上に僕用の商品が並べられていく。

「ケント君は、魔法薬師でありながら、使役獣使いでもあるんだよね。カオツの話を聞いていても、ダンジョンで戦う時の魔法薬の使い方や使役獣達との連携も上手だということだから、そんな君には『使用する魔力量を半分にする』魔道具と『どんなに離れていても、使役獣に指令を飛ばせる』

魔道具、『反射神経を強化する』魔道具なんてどうかな」

魔法薬師の僕にとって、使用する魔力量を半分にする魔道具はおススメだと言うヨーキさん。

僕自身、これはいい魔道具だと直感した。

本当は、前からこういう魔道具が欲しかった。

でも、『ショッピング』で購入しようにもアプリレベルを上げないと購入出来なかったのと、普通に買おうにもかなりなお値段だったのとで諦めていたのだ。

でも、自動で魔法薬を消費して回復出来るとはいえ、回復魔法薬だって無限じゃない。

調合するにも魔力が必要だし、必要なら『ショッピング』で購入しなきゃならないからお金も余分にかかる。

ダンジョン内で『危険察知注意報』を常に発動させているし、『傀儡師』や『魔獣合成』といった魔力をめっちゃ消費するアプリを使うから、魔力の減りを抑えることが出来るのは嬉しい。

あと、『どんなに離れていても、使役獣に指令を飛ばせる』魔道具もかなり良い物かもしれない。

ダンジョンに一緒に行くハーネとライが、少し遠くに偵察に行く場合、二人の位置は『危険察知注意報』で確認出来るけど、そこからどうして欲しいとか指示することは出来ない。

それに僕がダンジョンにいてレーヌとエクエスが『暁』といった離れた場所にいる場合も、指示というか僕の言葉を伝えることが出来るようだ。

また、今までだったらレーヌ達が入れないようなダンジョンに僕が行った場合、どんな素材が欲しいのか分からないことが多かった。けれど、これからはこの魔道具があれば常に確認を取ることが出来て、欲しいものを持って帰ってあげられる。

『反射神経を強化する』魔道具は、純粋に戦闘力が上がりそうだ。『傀儡師』の起動中に、今までより反応がよくなるとしたら、かなり戦いやすくなるんじゃないだろうか。

こんな魔道具があるのは知らなかった……アプリレベルが上がらない限り、そういうのは出来ないと思ってたよ。

「おい、なんか試しに使って確認してみたらどうだ？」

僕が魔道具を眺めていると、カオツさんがそう言った。

その指示に従って、離れていても使役獣に指令が飛ばせる魔道具を使用してみることにする。

指輪型の魔道を右の人差し指に嵌め——レーヌに話しかけてみる。

「レーヌ、聞こえる？」

《……ん？　頭の中で我が主の声が聞こえる？》

話しかけたら、頭の中でレーヌの声が響くように聞こえた。

うわっ、不思議な感じだ。

試した結果、僕が声を出さなくても考えていることが伝わるようだ。

魔道具を発動させた時に、最初に使役獣の名前を呼ぶと、呼んだ魔獣だけと話すことが出来る仕組みだった。だから、『レーヌ』と呼べばレーヌだけと話すことが出来るし、『レーヌ、エクエス』と呼べば二人と話すことが出来る。

『皆』と呼べば使役獣全員と会話が可能だった。

ちなみにヨークさんの話を聞いた限りでは、使役獣に届けられるのは、主の『指示』だけとのことだ。

僕の場合は『使役獣』のアプリがあるから皆と『指示』だけではなく『会話』が出来るのかもしれない。

おそらく、この魔道具の能力は『使役獣』のアプリレベルが上がれば使えるものかもしれない。

でも、そこまで行くにはどれだけレベルを上げなきゃいけないのか分からないから、今の内から使えるに越したことはない。

最後に、それ以外の商品をいくつか説明してもらって、カオツさんがいる物といらない物を選別する。

買うものが決まったところで、ヨークさんに購入を伝える。

「はい、お買い上げありがとうございます」

商品を詰めた袋を受け取り、僕はそのまま腕輪の中にしまった。

「Aランク昇級試験、大変だとは思うけど頑張ってね」

最後にヨーキさんから激励されて、僕達は店の外に向かう。

「はい！」

「頑張ります！」

「じゃあヨーキ、またな」

「うん。ご来店ありがとうございました」

お店を少し離れてから、カオツさんがサラッと言う。

「アイツ、冒険者でもないしのほほんとした雰囲気だが、一人でダンジョンに潜って魔獣や魔草を狩って素材を集める猛者なんだよ」

どうやら、いちいち依頼を受けたりして自分の時間が取られるのが嫌なのと、お店を営業してて収入も安定してるからあえて冒険者にならなくてもいいというのがヨーキさんの考えらしい。

知り合いからは狂犬と言われているんだって。

話を聞いた僕とクルゥ君は、先ほどまで見ていたヨーキさんとのギャップに驚くのだった。

「んじゃ、次の店に行くぞ」

カオツさんの誘導で、再び街中を歩く僕とクルゥ君。

「は〜い」

「次はどこのお店に行くんですか？」

「この次は呪《まじな》い屋だな」

「『呪い屋？』」

僕とクルゥ君が全く同じタイミングで、カオツさんに聞き返す。

「まぁ、行けば分かる」

カオツさんはそれだけ言って、特に説明してくれなかった。

歩き続けること二十分、富裕層が比較的多く住む住宅街へとやって来た。

ここはまだ冒険者ランクがD、Cだった頃に、逃げた猫を探す依頼だったり、庭の雑草除去作業だったりを受けて来ていたところだ。

懐かしいなぁ～と思いながら歩いていると、カオツさんがお屋敷のような建物の前に立つ。

「カオツ、ここって……」

「ん？　クルゥ君どうしたの？」

なぜかクルゥ君が恥ずかしそうにモジモジしだしたのを見て、僕は首を捻る。

「えっ、ケントここがどこか知らないの⁉」

ここって……そんなに凄いところなの？

「よく知らないけど……」

僕が首を横に振ると、「夜のお姉さま達が働いているお店だよ」とクルゥ君が声を潜めて教えてくれる。

「えぇっ⁉」

「店前でうるせーよ、お前ら」

店前で驚いた瞬間、カオツさんに頭を叩かれた。

「……ごめん」

「すみません」

溜息を吐いたカオツさんは大きな両扉の片側を押しながら僕達の方を見る。

「いいか？　そういう意味でお前らがここを利用するには百年早ぇー」

カオツさんはそう言いながら説明を始めた。

この建物の中で呪い屋を兼業している人物がいるので、その人にこれから会いに行くとのことだった。

建物の中はそんなに人がいないんだけど、メイド服を着た人や執事《しつじ》のような恰好をした人が掃除で忙しくしているのが目に入る。

どうやら開店前の準備時間だったようだ。

そんな人達の中を通り抜けながら、ホテルの受付のようなところにカオツさんは向かう。

カオツさんがそこにいた人に「『夜』『朝日』『鳥』『子猫』『盾』」と不思議な単語を伝えた。

受付の人は一つ頷くと、カオツさんに鍵を一つ渡して二階の奥の間へ行くように伝える。

鍵を受け取ったカオツさんは僕達の横を通り過ぎると、二階へとつながる階段がある方へと向かう。

「おい、ボサッとしてないで行くぞ」

「あ、うん！」

「はい！」

おいて行かれないように、僕達は慌ててカオツさんの後をついて歩く。

螺旋階段を上り、レッドカーペットが敷かれている廊下をしばらく無言で歩けば――

突き当たりに他の部屋より大きな扉があるのが見えた。

どうやらそこが受付の人が言っていた『奥の間』らしく、カオツさんは持っていた鍵をドアノブの鍵穴に差し込む。

カチャリと音が鳴って、カオツさんが解錠された扉を開ける。

僕達も、ズカズカと中へ入っていくカオツさんの後ろを、挨拶しながら歩く。

「お、おじゃましまーす」

「失礼しまぁ～す」

室内は薄暗いんだけど、暗い場所で光る小さな光石がいたるところに置いてあるから、中が全く見えないわけじゃない。

部屋の中央部分にモスキートネットが何重にも重ねられたかのような天蓋付きベットがあり、その中に人がいるのを影の形で確認した。

カオツさんはそこへ一直線に歩いていってカーテンを両手で掴むと、左右に広げたのだった。

僕とクルゥ君は、女性が寝ているであろう場所にズカズカ突っ込んでいったカオツさんの暴挙に、非難の声を上げようとしたんだけど……

「うおぉっ、ビックリしたー!?」

そこから聞こえてくる声にピタリと動きを止める。

部屋に響く野太い声に、ん？　と自分の耳を疑う。

ベッドに横になっている人物のシルエットがよく見えないから、僕の聞き間違えかな？

そう思っていると、カオツさんがそこから離れて窓辺に行って厚いカーテンを開けた。

外の日差しが室内に差し込んでくる。

「あぁー！　目が、目がぁぁっ！」

「うるせーよ」

ずっと暗い部屋にいたからなのか、急に明るくなって目が痛くなったらしい。

ベットの上でゴロゴロ転げ回っていた人は、落ち着いてからムクリと起き上がる。それから「テメェー、人様の部屋に勝手に入ってきてんじゃねーよ！」と怒鳴る。

そしてモソモソとベッドから抜け出してきた人物は、腰まである長い髪を不機嫌そうにかき上げながら部屋の中を歩いて近くにあった椅子にドカリと座る。

綺麗な人だけど、パンツだけの姿を見れば間違いなく男性だった。

寝起きだからか口元にうっすらと髭《ひげ》が生えておられる。

「よぉ、グリゴル。相変わらず寝起きが悪ぃーな」

カオツさんは、そんな不機嫌そうな様子を気にせずに話しかける。

「うるせぇ。それから本名で呼ぶんじゃねー。グリエティル様と呼べ」

二人の会話についていけない僕とクルゥ君が黙っていると、グリゴルさんと呼ばれた人はようやく僕達の存在に気付いたようだった。

グリゴルさんが口を開く前に、カオツさんが僕達のことを説明してくれる。

「俺が今在籍しているパーティの仲間だ。それで、今回お前に頼みがあってここに来た」

「どうせ、昇級試験があるから俺に『呪い』を頼みに来たんだろ？」

「流石『蜘蛛《くも》の目《め》』のリーダー、話が早いんじゃん」

「お前は昔から自分の懐に入れた奴には甘いからな……」

グリゴルさんは椅子から立ち上がると「ちょっと待ってろ」と言って、部屋の奥にある扉の中に入っていった。

奥の部屋でガサゴソと何かしている音がするのを聞きながら、僕はグリゴルさんとどういう関係なのかをカオツさんに聞く。

「あれも幼馴染の一人」

ぶっきらぼうにそう言ってから、カオツさんがグリゴルさんのことを教えてくれる。

グリゴルさんは夜のお姉さま達が働くこのお店のオーナーさんでもあり、情報屋『蜘蛛の目』のリーダー。そして凄腕の『呪い師』といった多彩な顔をお持ちな方だそうだ。

カオツさんの仲間である僕達がこれから昇級試験を控えていることを、教えてもいないのに知っていたのも情報屋のリーダーだからなのかもしれない。

知らない間に自分の行動が他人に知られている可能性があることに、クルゥ君が「怖っ！」と顔を引き攣らせていた。

ギルドでの昇級試験くらいの情報なら軽く調べられるだろうな、とカオツさんは肩を竦めながらそう呟いた。

「待たせたな！」

奥の部屋から戻って来たグリゴルさんは、口元を隠した踊り子さんのような装《よそお》いをしており、ぱっと見は妖艶《ようえん》な美女だ。

ただ、話し方や声、ガサツな歩き方を見れば女性ではないことは一目瞭然《いちもくりょうぜん》である。

なんで女装をしているのかクルゥ君が聞けば、女装をした方が客ウケが良いということと、一番は呪いの効果がなぜか安定するからなんだとか。

あと、グリゴルという名前は自分の見た目に合わないから『グリエティル様』と呼べ、と僕とクルゥ君も注意されてしまった。

グリエティル様はもう一度椅子にドカリと座ると、んで？　と首を傾げる。

「俺様になんの呪いをして欲しいって？」

「ヨーキのところである程度必要な物は揃えたんだが、装備の強化がまだなんだ。そこで、お前に装備の強化的なものを施してもらいたいと考えている」

「……ふむ」

グリエティル様は腕を組んで考える仕草をすると、僕達に向かって、使っている剣や防具などをテーブルの上に並べておくように指示を出す。

僕とクルゥ君が言われたとおりに腰に佩いている剣や防具を外してテーブルに並べて置くと、グリエティル様は右手に水晶のような物を持ってから、不思議な呪文を唱え始める。

剣と防具の周りに金色の帯状の文字が二重に交差するようにして回転した。

そして、その光の文字が剣や防具に吸い込まれるように消えた。

僕は幻想的な光景に息を呑む。

「まっ、こんなもんだろ」

グリエティル様がうんうんと頷いてから、いろいろと説明してくれた。

「最近のAランク昇級試験は通常のダンジョンじゃなく、特殊系ダンジョンが選ばれる傾向がある」

ヨーキさんも似たようなことを言っていたのを思い出した。

「精霊系がうじゃうじゃいるダンジョンと、アンデッド系のダンジョンが面倒なことこの上ない。だから今回はそのどちらにも対応出来る呪いをかけておいた」

通常、精霊系やアンデッド系は普通に攻撃しても、魔獣や魔草を攻撃する時よりダメージが入り難くなっているらしく、防御も半分以下になってしまう時があるようだ。

その状況を避けるために、呪いで補ってくれるとのこと。

普通の呪いはあまり効果がないみたいなんだけど、グリエティル様が持つ特殊能力を合わせた呪いはかなり強力らしく、与えるダメージがより多くなるし防御力も倍くらいになってくれると教えてくれた。

「そうそう、あとはコレも特別にオマケしてやろう」

グリエティル様はそう言うと腕輪の中から二つのピアスのような物を取り出して、僕とクルゥ君に手渡してくれた。

「このピアスは穴が開いていなくても、耳に当てればくっ付く。外せば簡単に取れるものだ」

その言葉の通りに、僕とクルゥ君が片方の耳たぶにピアスを当てれば、シールを張ったかのようにピタッとくっ付いた。

「これは魔道具なんですか？」

「普通のピアスに俺が呪いを込めたものだ。精霊系やアンデッド系から身を守るためのものだが、特に不意打ちで耳から入ってくる精神攻撃を防いでくれる」

精神攻撃の歌や何かが流れてきたら、ピアスから警報がなるらしい。警報がどんなものかは、その時のお楽しみとのこと。めっちゃ気になる……

「呪いも万能じゃないから、攻撃をずーっと受け続けると効果が弱くなってしまう。気を付けるように」

グリエティル様からありがたい忠告を受けた。

僕とクルゥ君がテーブルに並べていた剣や防具をしまい終えると、ここでの作業は終了したとカオツさんが言う。

「まぁ、こんなもんじゃないか？」

「そうだな」

グリティエル様が仕事を終えると、カオツさんがグリティエル様にお呪いの料金を渡す。

それからカオツさんが「よし、んじゃ帰るぞ」と言って廊下に繋がる扉へと歩いていく。

「グリエティル様、ありがとうございました」

「ありがとうございまーす」

僕とクルゥ君がお礼を言うと、グリティエル様が手を振る。

「おう、お礼はAランク冒険者になることだな。頑張れよ！」

「「はい！」」

お礼を言いながら部屋を出た僕達は、扉を閉めてからカオツさんに詰め寄る。

「いや、カオツさんの幼馴染凄過ぎません⁉」

「……あん？」

「だって、ヨーキさんにしたって、今のグリエティル様にしたって、普通の冒険者以上に凄い人達じゃないですか」

「そうそう。カオツと三人でパーティを作っていたら、今頃有名なパーティになってたんじゃないの？」

そんな会話をしながら建物の外に出ると、扉を閉めたカオツさんが溜息を吐く。

「お前らも見たから分かるだろうが、友人としては……まぁ良い奴らだが、パーティメンバーにしたら『個』が強過ぎてやってらんねーよ」

嫌そうな顔でそう答えるカオツさんが、昔三人でよく遊んでいた時のことを話してくれた。

二人に振り回されて、相当大変な思いをしていたらしい。

だから、冒険者になった時は違う人達とパーティを組んだんだって。

カオツさんって言い方がキツイし、見た目もツンケンしてるから間違われやすいけど、意外と面倒見が良いから、個性が強い人達に振り回されるのかもしれないね。

そう思うと、暁も個性は強いけれど、カオツさんには合っているのかも……

「そろそろ戻るか。ラグラーとケルヴィンも買い物を終えた頃かもしれないしな」

「もうそんな時間なの？」

「思ったより時間が経つの早いね」

どんなダンジョンになるのかの予想を話し合いながら三人で噴水の場所まで歩いていると、そこにはもうケルヴィンさんとラグラーさんの姿があった。

「おぅ、待たせたな」

「お～、良い物は買えたか？」

カオツさんの声に気付いて、二人が近付きながら聞いてくる。

「うん、カオツの幼馴染っていう人達の店に行って、いろいろ買ったり武器や防具に呪いをかけてもらってた」

「ヨーキさんのお店にはまた行ってみたいですね！」

「ふ〜ん」

「ラグラーとケルヴィンは買い物は全て終わったのか？」

カオツさんがラグラーさん達の様子を聞く。

「あぁ、俺達は終わらせた。あとはフェリスにいろんな種類の魔法薬を調合してもらおうと思ってた」

おおよその準備は終えたということで、皆で暁に戻ることにした。

帰りの道中、カオツさんがラグラーさんのお財布を返すと、ラグラーさんは「お前ら……もっと使ってもよかったんだぞ？」と嫌な顔をせずに言ってくれた。

ラグラーさんの懐の広さを、僕は再認識したのだった。


暁の家に着くと、フェリスさんとグレイシスさんはまだ帰って来ていないようだった。

僕らの後に買い物に行っているから、もう少し時間がかかるのだろう。

夕食の時間に近付いてきているのに気付き、僕は夕食の準備に取りかかることにした。

本日はクルゥ君がハンバーグを食べたいとのことだったので、トッピングをいろいろ選べるハンバーグを作ることに決めた。

あとは、フェリスさんの畑から取ってきた野菜で作るサラダと、コーンポタージュだ。

もともとハンバーグ用のお肉は冷蔵庫の中に入っていたので、それを使おう。

鼻歌を歌いながら手を冷やし、お肉をハンバーグの形に形成していく。

ハンバーグは皆大好きで大量になくなるため、プレートに何十個も作っていく。

それを油をひいて熱したフライパンの上で焼いていき、全て焼き終わったらフライパンに残っている肉汁の中にソースとケチャップ、バターを入れてハンバーグソースを作る。

その他のトッピングとして、目玉焼き、チーズ、大根おろし、キノコ、パイナップル、などなどを用意。トッピングの好き嫌いが分かれるので、いろんなものを用意してあげることにしていた。

もちろんそのまま食べるのも有りだし、ソースも作ったもの以外に醤油派もいるし、ポン酢派もいる。暁の食事は選択肢が多い方が喜ばれるんだよね。

「たっだいま〜」

「いい匂い。今日はハンバーグね！」

夕食の準備がほぼ終わった頃に、タイミングよくフェリスさんとグレイシスさんが帰って来た。

外にまで漂っていた夕食の匂いで、お腹空いたーと言いながら居間に入ってきた。

「お帰りなさい」

「ただいま。ケント君とクルゥは準備は整った？」

「はい」

「うん、カオツにいろいろと選んでもらって、ラグラーがお金を出してくれた」

そんな話をしつつ、僕以外の皆がテーブルの上に食器を出したり飲み物などを準備したりしている。

手洗いを終えたフェリスさんとグレイシスさんが戻る頃には、使役獣達も外から戻って来た。

全員揃って夕食の時間が始まる。

「いただきます！」

それぞれが好きなトッピングをハンバーグの上にのせたりソースをかけたりして、楽しいひと時が過ぎていく。

皆で食後にまったりしていると、フェリスさんが僕とクルゥ君に何を買ってきたのかを聞いてきた。

僕達はお店で購入したものと、武器と防具に呪いを施してもらったこと、そしてピアスのことを話した。

「そうね、今の二人にはその備えは必要かもしれないわ。あとは、魔力量が足りなくなったら絶対に困るから魔力回復薬は多めに必要。怪我をした時の傷を塞ぐ魔法や、失血が多い場合に飲む増血薬も持っていきなさい」

フェリスさんが、テーブルの上に置かれた魔法薬を持っていくように勧める。

どうやら彼女が調合してくれたようだ。

「ありがとう、フェリス！」

「ありがとうございます！」

僕の場合は自分の魔法薬を使えばいいだけなんだけど、フェリスさんの魔法薬は、僕が作る魔法薬よりも質が良い。

ここぞという時にフェリスさんの魔法薬を使おうと思って腕輪の中にしまう。

「ん？　あれあれあれ？」

「フェリス、私達の分はないのか？」

「何よ、ラグラーとケルヴィンは私から魔法薬をもらわなくたって、自分達で良い物をたくさん持っているじゃない。それに、あんたらはAランク冒険者よりも強い実力の持ち主なんだし……子供じゃないんだから甘えない！」

ラグラーさんはブーブー文句を言っていたが、フェリスさんは完全に無視している。

それから彼女は僕達に向き直る。

「最後に……二人とも右手を出して」

何をするのかと不思議に思いながらも手を差し出せば、フェリスさんがまずは僕の手の甲に唇を寄せて——キスをした。

「ふわっ⁉」

「はい、完了！　次、クルゥ。ほらほら早く手を貸して」

「え？　う、うん」

フェリスさんは僕の手の甲にしたのと同じように、クルゥ君の手の甲へキスをする。

自分の手を見つめれば、キスをされた場所に小さな痣《あざ》が浮かび上がっていた。

何かの葉のような形をしていたんだけど……これは一体なんなのだろう？

「これはある魔法が刻まれているの」

僕とクルゥ君が首を傾げていると、フェリスさんが説明する。

その話によれば、これはダンジョンで命の危機に瀕した時だけに発動する魔法らしい。

酷い怪我を負っただけなら発動せず、一撃で命を落とすような時に自動的に使用されるようだ。

重傷なら僕達で魔法薬を使ったりして、なんとか危機を乗り越えることが出来るかもしれないからだ。

「二型発動魔法陣って言うんだけど、一度目は本当に一発アウトっていうような攻撃を弾いてくれる。そして、もう一つは意識がない状態で失血多量、心臓の鼓動が止まりそうになった時に発動して、ダンジョンから私のもとに転移するようになってるわ」

「それって、ボク達が本当に死にそうになった時じゃなきゃ発動されない魔法ってこと？」

「そうよ。一つだけこの魔法に欠点があるとしたら、一度目はヤバい攻撃は防いでくれるけど、すぐに二撃目がきたら防いではくれないってこと」

「つまり？」

『死』に直結する連撃があったら、一度目以降の攻撃は死ぬ気で避けてちょうだい。生きてさえいれば、生命活動が維持出来ないギリギリな状態になったとしても私の元に戻って来れるから。まぁ、試験自体は失格にはなるけど、生きていたら次にまた受ければいいんだから」

ふと気になったことがあって、僕はフェリスさんに尋ねる。

「あの、フェリスさんからいただいたこの魔法がある状態で試験を受けるのは、失格になったりしないんですか？」

「大丈夫よ。そもそも私の魔法がダメなら、呪いだってダメでしょ？　昇級試験で失格になるのは、誰かが近くにいて受験者のことを手助けするってことと、試験期間中にダンジョンから出てしまうことだけよ」

「……それならよかったです」

「それにフェリスのこの魔法があればちょっと安心だよね」

「うん」

僕とクルゥ君がホッとしていると、大人四人組でいろいろと話し合いが始まったので、僕達子供組はそこから離れた。

「それじゃあ、ボクは部屋に戻るね」

「おやすみー」

クルゥ君と階段で挨拶をして、僕は試験期間中の食事を今のうちに作ろうとキッチンに向かった。

約二週間分の全員の食事をどうしようか最初は考えていたんだけど、フェリスさんとカオツさんが自分達の分はいらないと言ってくれた。

試験期間中はどこかで適当に食べてくるから、試験を受ける他の四人分のご飯を作ってあげてほしいって。

「う〜ん、飲み物は各自が準備するからいいとして、何を作ろうかな。お弁当よりも、おにぎりやサンドイッチとかの方が食べやすいだろうし、歩きながらでも食べれるからな」

あとは飽きないようにいろいろと味や具材を変えよう。

大変な試験中の癒しになればいいな。

自分の場合は『ショッピング』で購入しちゃえばいいから、ここは四人が好きなもの作ってあげよう。

四人分の食事を二週間分用意する。

かなり大変な作業かと思いきや――忙しいお弁当作りの味方の冷凍食品という存在がある！

僕も元の地球では散々お世話になった。学生の頃だけではなく社会人になっても大変お世話になった冷凍食品。

『ショッピング』で試しに冷凍食品を調べたら、ズラーッといろんなものが出てくる。

八宝菜、白身魚のフライ、黒酢豚、厚揚げと鶏肉の煮物、サバの味噌煮、チンジャオロース、肉じゃが、デミグラスソースハンバーグ、などなど一品料理がたくさんだ。

それらの惣菜などをバンバン購入して、こちらの世界に売っている使い捨てのお弁当箱の中に詰め直し、出来立てのごはんを盛ったら蓋をして完成だ。

一つのお弁当が出来上がるのに、二分もかからない。その作業を繰り返して、人数分のお弁当箱が完成したら、おにぎりとサンドイッチ作りに取りかかる。

おにぎりやサンドイッチの具材も『ショッピング』で購入したものだから、そんなに作るのに時間がかからずに終えることが出来た。

それから、冷凍食品にはデザート代わりの果物もある。

カットされたマンゴー、パイナップル、苺、キウイフルーツ、ミックスベリーの詰め合わせなどを、おやつとして食べられるように小さい容器に入れておく。

「……よし、完成～」

台所の机の上に置かれたおにぎり、サンドイッチ、お弁当箱の山を見て、ふぅっと一呼吸。

まだ大人組は居間にいるかなと思って台所から居間の方へ顔を出せば、ちょうど話を終えて晩酌を始めていた。

僕は、グレイシスさん、ラグラーさん、ケルヴィンさんの三人を台所から呼ぶ。

「あの、ちょっといいですか？　ダンジョンに行った時のお弁当が出来たのでお渡ししたいのですが」

三人とも手に持っていたコップを置いてこちらに来てくれる。

「おぉ、スゲー量だな」

「ケント、この短時間で全部作ったの⁉」

「美味そうだな」

ラグラーさんもグレイシスさんもケルヴィンさんも皆ビックリした表情で目の前のお弁当の山と僕を見ていた。

お弁当は冷凍食品を詰めただけだから、そんなに凄いことをした訳ではないけど……喜んでもらえてよかった。

そんなことを思っていると、お水を飲みに下りてきたクルゥ君が台所に来た。

いいタイミングなので、ラグラーさん達と一緒に作ったものを見てもらうことにした。

「いつ戦闘になるか分からないから、一日二食分はおにぎりかサンドイッチにして、残りの一食はお弁当にしました。そしてデザートもあります！」

そう説明しながら、お弁当の蓋を開けて中身を見せると、クルゥ君から「ケントありがとー」と抱きつかれた。うんうん、嬉しかろう。でも苦しいので離れてください。

それから各自、自分の分を腕輪の中に収納していた。

腕輪の中に入れておけば、作ったその時の状態になるので腐ることがない。取り出して食べる時は、今の出来立ての状態で食べることが出来るのが良いよね。

喜んでもらえて良かったと思っていると、クルゥ君が腕輪の中から小さな袋を取り出して、僕に手渡してきた。

なんだろう？　と受け取った袋の口を開けて中を見れば、綺麗な色をしたビー玉が入っていた。

「クルゥ君、これは？」

「これは僕の『魔声』の能力を濃縮して作ったものだよ。もしも魔獣に周りを取り囲まれてどうにもならない状況に陥ったら、これを魔獣達の方に投げてみて。そうすれば、一時的にでも魔獣達の足止めになると思うから」

「え、こんな凄いものをもらってもいいの⁉」

「もちろんだよ！　ケントにはこうしてお弁当とか作ってもらっているし、感謝の印で！　あ、でも投げたら耳は塞いでね？　ケントも動けなくなっちゃうから」

それだけ説明すると、クルゥ君はお水を飲んで二階に戻っていった。

袋を腕輪の中に入れると、次はグレイシスさんが僕の前に立った。

「ケント、私からはこれをあげる」

グレイシスさんから渡されたのも、小さな袋だった。

何が入っているのかとワクワクしてみれば、中には真っ白い粉。

「これは、私の研究の賜物《たまもの》でもある魔法薬よ！　魔獣や魔草の近くでその粉を体にかければ、近くにいる魔獣はケントのことを『仲間』だと勘違いしてくれるの」

「えっ、そんなものが出来たんですか⁉」

「粉は一振りで十分しか効果がないのと、魔獣と魔草以外には効かないから気を付けて」

「分かりました。ありがとうございます！」

「んじゃ、次は俺達だな」

グレイシスさんが居間に戻った後、ラグラーさんとケルヴィンさんが手に持っているものを渡してくれた。

ケルヴィンさんが、先にTシャツのような物を僕の手に載せる。

「これを着れば、かなり防御力が上がる」

「ほえぇ〜」

見た目は普通のTシャツなんだけど、敵の攻撃によるダメージをかなり防いでくれる代物らしい。

いつも着ている服の中にこれを着ればいいだけということで、使いやすさもある。

ありがたく頂戴した。

ラグラーさんから手渡されたのは剣だった。

「かなり前に、ケルヴィンから剣を受け取っただろ？　それの対になるような剣を俺が持ってたんだけど、それをケントにやるよ」

「えっ、いいんですか⁉」

ケルヴィンさんから以前受け取った剣は、今も大事に使わせてもらっている。

その対となる剣は、僕が使っている剣と全く同じ形、同じ色をしており、鞘から剣を引き抜くとブレイド部分に不思議な文字が刻まれていた。細かい部分まで今までの剣と同じだ。

羽を持っているかのように軽く、グリップ部分も凄くフィットする。

「元々俺を守るケルヴィンの為に作られた剣が、ケントが今使っているものなんだ。俺のはその予備として作られたやつだ。でも、あまりにも完成度が高かったから対の剣として俺用になったんだ。

ただ、一つだけ違うのはブレイド部分に刻まれている文字の内容だな」

「どう違うんですか？」

凄く繊細で綺麗な文字が刻印されていて、ケルヴィンさんから剣をもらった時も、どういう内容だろうって気になっていたんだよね。

その答えが今日聞けるのかとドキドキしていると――

「ただ、古代文字で『これはケルヴィンの剣』『これは親愛なるラグラー君の剣です』って書いてあるだけだ」

「んぇ？」

ケルヴィンさんの言葉に、聞き間違いかと思って変な声が出てしまった。

いやいやまさか、そんなはずはないよね？　って思っていると、ラグラーさんが頭を押さえているのが目に入った。

「おぃーっ！　ケントの夢を壊すようなことをバカ真面目に言ってんじゃねーよ！」

この反応は、どうやら真実のようだ……

ケルヴィンさんの話によれば、この剣は皇帝陛下――ラグラーさんのお兄さんが、ケルヴィンさんがラグラーさんの側近になった時に作ってくれたものらしい。

「なるほど……」

ブレイド部分に『これは親愛なるラグラー君の剣です』って刻める人なんて、ラグラーさんのお兄さんであるシェントルさんか皇帝しかいない。

てか、そんなお兄さんの愛が詰まった剣を僕が持ってもいいんだろうか？

ケルヴィンさんの場合は分からなくはないけど、ラグラーさんのはもらっちゃダメなような気がするんですが……

僕がそう尋ねると、ラグラーさんは顔を引き攣らせながら呟く。

「そんな剣はまだ山ほどあるんだ。一つや二つ、五十や百ぐらいケントにやったって、まだ減らねーし」

うん、お兄さん達のラグラーさん愛は凄いですもんね。

そういうことで、僕は古代文字で『これはケルヴィンの剣』『これは親愛なるラグラー君の剣です』って書いてある対の剣をゲットしたのであった。

「ケルヴィンさん、ラグラーさん、ありがとうございます。大切に使わせていただきますね！」

「あぁ」

「おう！」

二人は僕の頭をひと撫でしてから、皆が待つ居間へと戻っていった。

「こんなにいっぱい皆からもらえるなんて……思いもしなかったな」

暁で皆の食事を作ったり、掃除をしたり、生活面での働き全般を僕が任されているけど、それはちゃんと月毎にフェリスさんから報酬をもらっている。

だから、皆からこういう風に日頃の感謝としてのプレゼントをもらえるとは思ってもみなかった。

「へへ……嬉しいや」

剣を持った僕は、温かい気持ちになりながら自室に戻ることにした。

いざ、A級試験!

それから数日が経ち――昇級試験を申請しに行く日を迎えた。

フェリスさんとカオツさんが見送る中、僕とクルゥ君、グレイシスさん、ラグラーさん、ケルヴィンさんの五人で仲良く家を出てギルドに来た。

僕とクルゥ君はめっちゃ緊張した面持ちだ。一方の大人三人組は、いつもと変わらない感じだった。これが大人の余裕というものか……とクルゥ君が呟いていたけど、ちょっと違うような気もする。あえて突っ込まないけれど。

各々空いている受付に行って、昇級試験の申請を始める。

僕の対応をしてくれたのは、リークさんだった。

昇級試験を受けるための受験料支払い手続きと試験内容の説明をお願いする。

「まず、受験料が五十万レンになるっす」

「……Bランクの時との差が凄いですね」

「そうっすね、これがSランクの受験料になれば更に跳ね上がるっす」

「ほぇ～」

どこか遠いことのように感じながら、ギルドカードをリークさんに渡して、支払いをする。

リークさんは宝石の飾りが付いた腕輪を右手に嵌めると、受付台の上に置いたギルドカードの上に手をかざして呪文を唱える。

「よし、受付が完了したっす。これから師匠にはギルドが出す討伐試験を受けてもらうんっすけど、期日は二十日間っす。それより早く討伐出来たら早めに試験が終了となるんすけど、一日でも過ぎれば失格になるんで気を付けてください」

「分かりました」

「では、試験内容が書かれた書類と、試験場となるダンジョンへと行く移動魔法陣が刻印された紙、それから、ダンジョンから戻って来る時に使う魔法陣が刻印された紙をお渡しするっす」

【『Aランク昇級試験内容』】

ダンジョン――『王無《おうな》き慟哭《どうこく》の廃墟《はいきょ》』

1『ジンクヴィーダー』の討伐三体。
2『タッティユ』の討伐五頭。
3『腐狼《ふろう》』の討伐五頭。
4『チュリートリー』の討伐五頭。
5『ダールウィルグス』の討伐一体。

※試験で討伐したものは、ギルドで引き取ることが可能です。
※重要――本試験では受験者が重傷、または死ぬ危険が極めて高いです。

書類に目を通すと、こんな内容が書かれていた。
前回同様、ダンジョン内の地図と討伐対象の絵が描かれた紙を受け取ることが出来たので、探すのに苦労することはないかもしれない。

「それで、これから受けてもらう試験も監視がつくっす」

「あぁ、あの水水晶《みずすいしょう》ですよね？」

「いえ、今回はそれじゃないっす」

「え？　そうなんですか？　じゃあどうやって監視を？」

そう聞けば、リークさんがまだ受付台の上に置いてあるギルドカードを指さした。

カード自体が監視するシステムになっているらしい。

さきほど試験の受付をした時、リークさんが宝石が付いた腕輪をはめて呪文を唱えていたけれど、それがギルドカード自体に監視魔法を施すものだったそうだ。

その魔法がかかったギルドカードを持っていると、常に半径百メートルの情報がギルドに送られてくる仕組みになっているんだとか。

なんでBランクの時は水水晶だったのかと聞けば、Aランク昇級試験を受ける人よりBランク昇級試験を受ける人が何倍も多いし、動きが遅くなるからまとめて見られる方がいいらしい。

一方、Aランク昇級試験は、個々の動きを正確に把握することが重要。そのためこの方法を採っているとのことだった。

「あぁ、でも監視とはいっても受験者の周りにいるのが人間なのか討伐対象なのかといった『生体反応』みたいなものを見るだけのものなんで、プライバシーはちゃんと守られてるっす！」

「あ、それを聞いて安心しました」

ホッと胸を撫で下ろしていると、隣で受付を終えたクルゥ君が僕の横にやってきた。

「あ、クルゥ君はダンジョンどこになったの？」

僕がそう聞いたら、クルゥ君が紙を見せてくれた。

紙には『光溢れる《ひかりあふ》幻想《げんそう》の谷《たに》』とあった。なんかメルヘンな感じがする名前だよね。

僕なんて『王無き慟哭の廃墟』だ。めっちゃダークでお化け屋敷に行くような感じがするんですが……

二人でどんなダンジョンなんだろうねって話し合っていると、リークさんがクルゥ君と僕のダンジョン名を見てから、「……あ～、ここっすね」と、何か知っていそうな顔でそう呟く。

「え、なんですかその反応は」

「怖いんですけど……」

「いやいや、詳しくは言えないっすけど……この二つのダンジョンは今年のAランク昇級試験で『アタリ』って言われてるダンジョンなんすよね」

「アタリ……」

「どっちの意味で受け取ればいいのさ」

リークさんの言葉にクルゥ君が噛みついていた。

「うん、まぁ……二人とも頑張るっす！」

ニコッと笑うリークさんとは反対に、僕とクルゥ君は落ち込む。

「でも、このアタリのダンジョンを引いた受験者には、ギルマスから素敵なプレゼントがあるって話っす！」

「プレゼント？」

「なんだろう？」

ゴソゴソと受付台の下にしゃがんで、リークさんが何かを探し始める。

そして「あ、あった」と言ってから、また椅子に座り直して手に持っていた物を受付台に載せた。

「鍵？」

リークさんが取り出したのは、アンティーク調の金色の鍵だった。

「これはギルマスが特殊能力で作った鍵で、これを使うことによって安全な『宿舎《しゅくしゃ》』で夜を過ごすことが出来るっす！」

夜になると危険度が数倍も上がる特殊系ダンジョンでは、夜に受験者一人だと絶対に生きていけないという理由から、ギルドで『宿舎』を特別に用意してくれているそうだ。

ちなみに、僕達以外の昇級試験の受験者で特殊系ダンジョンが当たった何人かの人も、この鍵をもらってるとのこと。僕達だけが特別ではないらしい。

使い方は、この鍵を持って『解錠』と唱えると空間に鍵穴が出来るので、そこにこの鍵を差し込むだけ。それだけで、何もない空間に扉が出現する仕組みになっているんだとか。

扉の中には、そんなに広くはないが小さな台所と寝台、バス・トイレ付きの部屋が用意されているらしい。

話を聞き終えてから辺りを見ると、グレイシスさん達はもうギルド内にいなかった。

受付を終えて、外に出ているらしい。

僕達はリークさんに「行ってきます！」と、元気よく手を振って受付から離れる。

「うわー、急にめっちゃ緊張してきた！」

「ボクも」

そんなことを言う僕達を見て、使役獣達が励ましてくれる。

「あぁ、今回はグリフィスがいて本当によかった。じゃなかったら一人でダンジョンに行くことになってたし」

「本当の意味で一人だったら絶望しそうだよ」

使役獣は自分達の力の一部と言われているので、連れていっても失格にはならないというのが試験のルールだった。

二人でそんな話をしていると、ギルド入り口付近から見慣れた人がこちらに近付いて来るのに気付いた。

しかし、その人はなんでここにいるのか分からない人物で――

僕は首を傾げた。

「クルゥ君。なんか、めちゃくちゃ顔色が悪いデレル君がこっちに向かって来てるんだけど……何かあったのかな？」

そう、現れた人の正体は、デレル君だった。

「は？」

僕が見ている方に、クルゥ君も視線を向ける。

お互いに顔を見合わせてから、デレル君の名前を呼びながら近付いた。

「あぁ、ケントにクルゥじゃないか」

「デレル君、どうしたの？」

「凄い顔色が悪いけど、何かあった？」

僕達の言葉に、デレル君は絶望した顔を見せてから悲しそうに呟く。

「実は、俺も昇級試験を受けることになった」

「ん？」

「なんでデレルが？」

不思議に思ってそう聞けば、デレルくんが突然「フェリスのせいだ！」と怒り出す。

「あいつ、この前突然魔法薬師協会にやって来たんだけどよ……」

デレル君がその時の話を振り返る。

どうやら、リーゼさんにフェリスさんが余計なことを吹き込んだらしい。

「デレル、この前ケント君達と一緒に子供だけの即席パーティを作って、ダンジョンに潜って魔獣討伐をしてたんだって。魔獣恐怖症を克服したし、今やケント君やクルゥとかと同じように戦えるのなら、デレルにもAランク昇級試験を受けさせたらいいじゃない」

と言ったとか。

それに同意したリーゼさんによって、Aランク昇級試験を受けるよう命じられたらしい。

デレル君、立場はリーゼさんより上だけど、リーゼさんが言うことには魔法薬師以外のことは逆らえないみたいだからね。

「最悪だ……」

めそめそするデレル君であるが、実は彼もCランク冒険者ではある。大昔、妖精国から人間の国で働くのに身分証明書が必要だという理由でギルド登録をしたらしい。

「でも、デレル君は今CランクならBランク昇級試験を受けるのが先なんじゃないの？」

「それについても、フェリスのせいで『飛び級』することになったんだ。ここのギルドマスター、フェリスの知り合いらしくてさ……あいつが僕の実力がBランク以上あるって話したら、『じゃあAランク昇級試験を特別枠で受ければいいよ。たまにそういう人がいるから！』って流れで簡単に決まったらしい」

「それは……」

「ご愁傷様です」

僕とクルゥ君の二人で、慰《なぐさ》めるようにしてデレル君の肩を叩く。

やだやだと言いながらも、デレル君は僕達と別れて受付へと向かっていった。

強く生きて、デレル君！　と心の中でエールを送りつつ、僕達はギルドの外へ出た。

外では、既にラグラーさん達が待ってくれていた。

「んで？　クルゥとケントはどこのダンジョンに行くことになったんだ？」

ラグラーさんが近付いて聞いてきたので、ダンジョンや討伐対象が書かれた書類をクルゥ君と二人で皆に見せる。

「「「どこにあるダンジョン？」」」と、皆が首を傾げていた。

数多くのダンジョンに行っている三人でも知らないようなダンジョンに、僕達は行くらしい。

「……ボク達以外の皆はどこに行くのさ」

「私はちょうど前々回に行ったダンジョンだったわ。一人で討伐したことがない魔獣とかいるけど、まぁ大丈夫でしょ」

「俺もたまに依頼で行くダンジョンだな。討伐対象も何度も倒したことがあるやつだし、楽勝！」

「私も、以前一度だけ行ったことがあるところだ。まぁ、あれくらいの魔獣や魔草であれば、よほどのことでもない限り失格になる方が難しい」

三人の話を聞いていると、皆知っているダンジョンに行くそうだ。

なんで僕達だけそういう場所に当たらなかったのかとガックリ項垂れる。

「クルゥが行くダンジョンは精霊とかがいる光系のダンジョンで、ケントはアンデッドがいるような闇系のダンジョンのようね」

僕達の書類に書かれている討伐対象を見ながら、グレイシスさんは顎に人差し指を当ててそう呟く。

「こういった特殊ダンジョンでは通常の装備じゃ意味がないわ。ちゃんと準備してきた？」

「うん、昨日カオツにいろいろ装備を整えてもらったんだ」

「それに防具や武器の強化もしました」

まぁ、お金はラグラーさんのものだったけど。

昨日購入した魔道具やお呪いについてグレイシスさんに伝えると、「ちょっと見せてもらえる？」と言われたので魔道具と自分達の剣を見せる。

目を細めながら品定めするように順番に目を通し――彼女がクワッと目を見開く。

「ちょ、ちょっと何よこれ!?」

「え？」

「どうしたんですか？」

グレイシスさんのデカい声に、僕とクルゥ君がビックリする。

「あんた達、この魔道具は絶対に肌身離さず過ごしなさいよ。これ、そこら辺で売ってる魔道具なんて目じゃないってくらい、凄いものよ」

驚く僕達の顔を見てグレイシスさんが、驚愕したままそう言った。

「そうなの？」

「よくあんた達が買えたわねって言うくらいのものよ。それに、呪いも……私以上に強力な術が施されているわ……カオツの幼馴染って一体どんな人物なのかしら？」

グレイシスさんも呪いに関してはかなりの腕を持っているのに、そのグレイシスさんが私以上って評するなんて……グリエティル様、やっぱり凄い人だったんですね。

そんなことをクルゥ君と二人で思っていると、「そろそろダンジョンに行くか」とカオツさんが移動魔法陣の刻印された紙を広げる。

「んじゃ、また後でな～！」

僕達が何か言う前に、手をひらひら振ったラグラーさんは僕達の前から消えてしまった。

名残惜しさとかも一切なくあっという間に――

「はぁ……相変わらずだな。それじゃあ、私もそろそろ行くとしよう。クルゥ、ケント、頑張れ」

「うん！」

「はい！　ケルヴィンさんも頑張ってください」

ポンポンと僕達の頭を撫でると、ケルヴィンさんも移動魔法陣に包まれて消える。

「それじゃあ、私も行こうかしらね」

グレイシスさんは長い髪をかき上げながらそう言うと、僕達を見る。

「いい？　あんた達、本当に命の危険がある時は試験を棄権《きけん》してもいいんだからね？　一発合格じゃなくたって、生きていれば何度だって挑戦出来るんだから」

「うん、分かった」

「十分気を付けて試験を受けるので、心配しないでください」

グレイシスさんの助言に、僕達はそう応える。

「そうだよ、それよりもグレイシスだって気を付けなよね」

「ふふふ、そうね」

グレイシスさんは笑いながら紙を開くと、僕達の額にキスをして――僕達が怪我をしないように、という『お呪い』を施してくれた。

「私のお呪いだってかなり効くんだから！」

負けず嫌いなグレイシスさんらしい言葉を残して、彼女は僕達の前から去っていく。

「ふぅ……それじゃあ、ボク達も行こうか」

「そうだね」

クルゥ君と握手をするように手を握り合い、お互いの移動魔法陣が刻まれた紙を開く。

「ケント、お互い頑張ろうね」

「うん！　合格を目指して頑張ろう！」

そうして、目の前が淡い光に包まれたと思ったら――試験場となるダンジョンに一瞬に移動していた。

闇に包まれたダンジョン

足を一歩踏み出すと、崩れた道路の残骸が音を立てる。

辺りを見回すと、以前ラグラーさんの故郷である帝国に行った時に見たのと同じ規模の都市が広

がっていた。

帝国の時との違いは、町全体が人が去って何百年も経ったような廃墟となっていることだ。

「うぅぅ……お化けでも出て来そうでめちゃ怖いんだけど！」

ぶるりと体を震わせてから、僕はタブレットを開いて『使役獣』を起動させる。

いつもなら皆を外に出して僕と一緒に行動させているんだけど……

今回アプリのレベルを上げて新しく分かったことは……使役獣達を一定時間アプリの中にしまうと、使役獣達の体調や精神面が整うということだった。

ずっと入れる必要はないんだけど、今回みたいな大事な行事の前日などに入れておけば、翌日には元気溌剌《はつらつ》フルパワーで皆が動くことが出来るのだ。

心細いのもあったので、すぐに皆をアプリから呼び出して召喚する。

『ハーネ』『ライ』『レーヌ』『エクエス』『イート』——召喚！

すると、僕の足元に五つの魔法陣が浮かび上がり、そこから皆が出現する。

《おぉぉ！なんだここは!?》

《ボロい……》

《ほぅ……なかなか難易度の高いダンジョンだこと》

《ここは、お宝が眠っていそうな場所ですね！》

《おにゃか……ちゅいた》

タブレットの中から出て来た皆はそれぞれバラバラな反応をしていた。

ハーネやライ、レーヌ、エクエスは皆ダンジョンそのものの感想を言っていたけれど、イーちゃんは一切そっちに興味を示していない。

お腹が空いているようなので、探索を始める前にイーちゃんに巨大おにぎりを食べさせてあげた。

大きなおにぎりを一口でペロリと食べているのを見ながら僕は、まずは『危険察知注意報』と『傀儡師』を起動させておく。

画面で分かる範囲では、まだ魔獣はいないみたいだ。

「さてと……僕が討伐しなきゃいけない魔獣を確認しないとね」

腕輪から書類を取り出して、討伐対象の絵が描かれている部分を『カメラ』で写しながら、『情報』を使う。

【ジンクヴィーダー】

・鷲《わし》の顔で、豹《ひょう》の体。背中にはドラゴンのような翼が生えている。

・獰猛な性格で攻撃的。

・主に空から攻撃を仕掛けてくる。

・口から出る炎は岩をも溶かし、鋭い爪は全てのものを引き裂く。

【タッティユ】
・巨大な象のような体に、頭から背中にかけて鋭利な角が生えている。
・大きな体に似合わず俊敏で、敵の気配に敏感である。
・長い鼻と尻尾を鞭のように振り回して敵を薙ぎ払うことが多い。

【腐狼】
・名の通り、体が腐った狼である。
・遠くにいても腐敗した匂いがするほど、かなり臭い。
・体液が猛毒なため、少しでも体に触れるとその部分が爛《ただ》れて腐り落ちる。
・群れで行動することが多い。

【チュリートリー】
・アンデッド
・※※

・※※
・※※

【ダールウィルグス】

・アンデッド
・※※
・※※
・※※

『情報』で見たところだとこんな感じだ。

チューリートリーとダールウィルグスに関してはアプリのレベルが足りなくて、『アンデッド』以外の情報は見えなかった。

ただこの二つに関しては、書類に討伐対象の絵が描かれているから見た目は分かる。

チューリートリーは名前は可愛いけど、姿はその真逆で全く可愛くない。

虎のような体を持っているけど、手足が熊のものだった。

威嚇するように口を開く双頭の口元には鋭い牙が生えていて、噛みつかれたらその強靭な顎で骨まで粉々にされ、引き千切られそうだ。

でも、熊なのか虎なのかいろいろと混ざってて、絵を見てるとなんか脳内がおかしくなりそうだ……

そして最後の一体――ダールウィルグスは、どう見ても討伐対象の中のラスボスのような見た目をしておられる。

馬に乗った騎士……のように見えるけど、下半身は馬と同化しているケンタウロスのようだった。

血が付着した騎士服にマントを纏い、右手には剣を持っていて、馬の部分も軍馬のように鎧《よろい》を纏っている。

しかも一番怖いのが……このアンデッド、首がないのだ！

絵だけでも恐ろしい存在なのに、対峙したらどうなってしまうんだろうか？

少なくとも平常心を保てる魔法薬を飲んでから挑むのは絶対だなと心に決めるのだった。

今、僕がいるダンジョン表層階にはジンクヴィーダー、タッティユ、腐狼が主に生息しているという記載があった。まずはこの三つを先に討伐していこうと思う。

ただ、ダンジョンは討伐対象以外の魔獣や魔草、それにアンデッドももちろんいる。足元を掬われないよう気を付けなきゃならない。

あと、ギルドからもらった書類やダンジョンの地図には、中層階へと続く『扉』がどこに何カ所あるのか記載されていた。けど、討伐対象を探して倒しながらそこへ行くまでどれくらい時間がかかるのか分からない。

これからは時間との戦いでもある。

「レーヌ、エクエス」

《なんだ、我が主》

《はい、双王様！》

「二人にお願いがあるんだけど、ジンクヴィーダーとタッティユ、腐狼がどこにいるか探してきてくれないかな？」

《お安い御用だ》

僕のお願い事を聞いたレーヌは一つ頷くと、空中に浮かび上がって、持っていた王笏を掲げる。

空中に巨大な魔法陣が現れると、そこから夥《おびただ》しい数のレーヌとエクエスの仲間――『アーフェレスティス』が出てきた。

空が埋め尽くされるほどの数が空を飛んでいるんだけど、不思議と羽音がしない。

こんなにいればうるさいくらいなのに、と思っていると、エクエスがスッと飛んで空中に浮かぶ。

《我らがお仕えする双王様と女王レーヌ様の王命である！　ジンクヴィーダー、タッティユ、腐狼を見つけ出せ！》

レーヌの前に出たエクエスが、アーフェレスティス達にシュバッ、と右手を突き出して命令をする。
初めてエクエスのカッコイイ姿を見たような気がするな、と思っていると、エクエスの命令を受けたアーフェレスティス達の四分の三くらいの数が四方へと飛んでいく。
残った少数のアーフェレスティス達は、レーヌを守る親衛隊のようなもので、周囲を飛んで警戒している。
《我が主、少しすれば『偵察部隊』と『情報部隊』から連絡がくるであろう》
「ありがとう」
レーヌにお礼を言った後、『魔獣・魔草との会話』を起動させてみる。
まだ近くにいたアーフェレスティスの一匹が**【会話可能】**となっていたから話しかけた。
「あの……」
《……？》
《こらぁー！　双王様からお声をかけてもらっているのに、何を無視しておるかー！》
《ひょえー!?　もうしわけございませんんっ！》
まさか自分が話しかけられると思っていなかったアーフェレスティスが、エクエスに怒られていた。

いや、怒るほどでもないんだよ？

まぁまぁ、とエクエスを宥めながら、もう一度アーフェレスティスに話しかける。

「こんにちは。今回はお手伝いありがとうございます」

《わわわ！　そんな、陛下のご主人様がそんな頭を下げないでください！　我らが必ずや討伐対象を見つけてみせますので、ご安心を！》

「ありがとう。でも危険なダンジョンなので君も、他のアーフェレスティス達も無理はしないように伝えてね」

《我々のような存在にまでお気をかけて下さるとは！》

話していたアーフェレスティスは、なぜか凄く感激したように体を震わせると、《仲間に伝えてきますぅー！》と言ってどこかへと飛んでいった。

《下々の者をも魅了するとは……流石我が主》

「えぇ？」

大したことは何も言っていないんだけど……

まぁ、気を取り直して進めるところまでダンジョン内を進んでみようか。

空中に浮かぶ画面にはまだ魔獣などの反応がない。

表層階の中をしばらく歩き回ることにした。

『王無き慟哭の廃墟』というダンジョン名にもあるように、本当にこの場所はダンジョンには珍しく、完全に町の見た目だ。

元は人がいた場所がダンジョンになったのだろうか？

広場のような所を歩きながら、建物がある場所へと向かう。

歩いて十五分ほどの距離に、人が生活していたような建物があった。

ほとんどが老朽化《ろうきゅうか》して、ところどころ崩れ落ちている。

「おじゃま……しまーす」

先にハーネとライが家の中に入って不審な物がないか確認してくれた。

その後に僕が小さな声を出しながら続いて入っていく。

家の中は、人が生活していたような形跡が残っていて、それが更に不気味さを増していた。

「怖いよぉ～」

なんでこんなダンジョンに当たってしまったのか……普段いるダンジョンのほうが数倍マシだ。

心の中でシクシク泣いていると、頭の上に乗っていたイーちゃんも僕の真似をするように《しくしく》と言っていた。

うん、こんな所でもイーちゃんに癒されるよ。

「はぁ……老朽化している分、外の光が部屋の中に入って明るいとはいえ、なんかお化け屋敷の中を探索してる気分だよ」

ビクビクしながら家の中を探したが、何も無いということが分かっただけ。すぐに外に出ることにする。

「次はどこに行こうかな？」

玄関から出て道路に立ち、辺りを見回していたそんな時――突然空中に浮かぶ画面が赤くなったのと同時に、『傀儡師』が反応した。

体が反応して、今まで立っていた場所からバッと後方へと飛んだ瞬間、僕が立っていた地面が膨らんだと思ったら、地面から巨大なシャチのような物が地上へと飛び跳ねる。

何あれ⁉

鞘から剣を引き抜いて構えた時には、地面から飛び出してきたシャチもどきはまた地面へと音を立てて潜っていく。

《主！　あいつ、『ロプキロソ』だよ！》

「ロプキロソ？　何それ！」

ハーネが種族名を教えてくれるが、さっぱり分からない。

そこにレーヌが丁寧な説明を加える。

地中を海の魚のように自由自在に泳ぐ魔物で、地面のどこからいつどのように飛び出してきて攻撃してくるのか、タイミングが全く分からないので戦うのが難しい魔獣だと教えてくれた。

《ご主人、気を付けて！　数が多い！》

ライがそう教えてくれる。いつの間にこんなに集まってきたのか、僕達の足元――地面には数十匹のロプキロソがグルグルと回転をするように泳いでいた。

そして、ふと先ほどロプキロソが地面から飛び出してきた場所を見れば、地面が綺麗に元の状態へ戻っていた。

不思議に思って僕の肩にとまったレーヌに聞くと、ダンジョンの仕様なのではないかと言われる。

ダンジョンの中には、攻撃を加えて建物や地面を壊しても、時間が経てばすぐに元に戻るものがあるんだって。

へぇ～と初めて知る内容に感心しながらも、地面を泳ぐロプキロソについて画面を見て確かめる。

このまま地面に立っていたら危険なので、『魔獣合成』を使って背中に羽を生やして空中へと浮かんだ。

ハーネの鱗を使って飛ぶのはもう何度も経験しているので、今では飛行もお手のものである。

ライはハーネが尻尾を体に巻き付けて上空へと運んでくれた。

僕達はいったん上空で作戦会議をする。

「あの魔獣の弱点はどこなんだろう？」

《エクエス、分かるか？》
《はい、女王様！　双王様！　あやつは体の中心部分にある心臓石が弱点です》
「心臓石？」
《はい。ただ、その心臓石を囲むようにしてある体内の肉が非常に硬く、なかなか貫通出来ません》
「なるほど……でも、攻撃をすれば動きを一瞬でも止めれるのかな？」
《雷に弱かったと思います！》
「ふむふむ……じゃあ、こうしていこうか」
僕は空を飛びながら皆に作戦を伝える。
まず、僕が画面を見ながら地面ギリギリを飛び続ける、その時に地中から出て来たロプキロソをライとハーネで攻撃して動けなくしてから、僕が弱点を攻撃して倒す。
ハーネの風魔法にライの雷の魔法をかけ合わせれば、攻撃力も上がるし、範囲も広がるし、しばらくは動けないだろう。
レーヌとエクエスには戦っている僕達の代わりに周囲の警戒をお願いする。
他の魔獣が来るようならすぐ知らせてくれるように頼んだ。
イーちゃんは僕の服の中に入ってもらって、僕が激しく動いても飛んでいってしまわないようにしておく。

「それじゃ、行くよ！」

空中から一直線に地面ギリギリの飛行を開始する。

ロプキロソが泳ぎ回る中心部分へ移動してから、空中で止まった。数匹のロプキロソが、画面の中で激しい動きをしたと思ったら、僕の方へ勢いよく突進してくるのが見えた。

四カ所の地面が盛り上がると同時にロプキロソが飛び出して、大きな口を開けながら僕に飛びかかって来た。

それを躱《かわ》しながら動き回っていると、レーヌが上空で《ハーネ、ライ、攻撃っ！》と命じる。

《了解！》

《どりゃぁぁぁ！》

僕に攻撃を当てないよう、上空から雷を伴った風を上手くロプキロソへ当て続けるハーネとライ。

打ち上げられた魚のように地面で跳ねるロプキロソを見ながら、僕は背中に生えた片方の翼を動かして、地面スレスレを回転するように飛ぶ。それから、地面にいるロプキロソを地上へと誘導するように引き上げる。

十匹ぐらい地面の上に打ち上げられたのを見てから、めちゃくちゃ筋肉強化をしてくれる魔法薬を飲み、ロプキロソの硬い体を切り付けて真っ二つにする。

「あ、あれが心臓石かな……って、うわぁっ⁉」

ちょうど断面の近くに心臓のような物を発見して壊そうと思ったら——

切られて半分になった頭の部分が動いて、僕を齧ろうとした。

咄嗟に避けて、そのまま心臓石を壊す。

同時に、今まで動いていた頭が急に動かなくなる。

「ふぅ……油断大敵だな」

魔獣は弱点である部分を切り付けるか壊さない限り生きているから、気を抜いちゃいけないのだ。

「よし、弱点がある部分は分かったから、あとは突き壊せばいいな」

地面でビチビチ動いているだけのロプキロソに飛びながら近付いていって、心臓石がある部分を次々切り裂く。

それを何度か繰り返していたところで、問題が起きた。

二体がまだ地中にいるんだけど、自分達の仲間が同じやり方でやられているのを見て学んだのか……出てこなくなったのだ。

「うーん、困ったな」

僕達が場所を移せばいなくなるかと思ったんだけど、どんな方向へ移動してもちゃんとロプキロソ達も付いて来る。あまり同じ場所にいると他の魔獣が寄ってくる場合があるから、早く片付けたい。

建物の屋根の上に降りて、僕はハーネの『魔獣合成』を解除する。

そして次に取り出したのは、ライの抜け毛。それを『魔獣合成』で剣と合成し、剣に雷を纏わせる。

それから腕輪の中から袋を取り出す。

「クルゥ君、早速使う場面がきたよ」

これはクルゥ君の魔声の能力が詰まったビー玉が入った袋だ。

袋の中からビー玉を一つ取り出して、手の中に握りながら画面を見る。

ロプキロソ達は僕を中心にしてグルグル回っている。

「ん～、影が多いところはないかな？」

辺りを見回しながら歩いていると、僕の後をロプキロソが付いて来る。

しばらく歩いていって、ようやく地面に影が多く広がる部分へたどり着いた。

「お！　ここなら良さそうだな。皆、耳を塞いでおいて！」

使役獣達にそう声をかけてから、ロプキロソ二匹が同時に地中に潜った瞬間、ビー玉を地面へと投げつける。

耳を塞いでいたからどんな音がしたのか分からないんだけど、ビー玉が割れた瞬間からロプキロソの動きが止まったのが画面を見て分かった。

どうやら動きを止めることに成功したようだったので、アプリ『影渡り』を起動しながら屋根の上から地面へと飛び降り、影の中へと飛び込む。

トプンッ！　と影の表面が飛沫《しぶき》を上げながら波打ち、すぐに元の影へと戻る。

僕は影の中を泳ぎながら、止まっているロプキロソへと近付き、雷を纏った剣を構え——弱点へと正確に剣を突き立てる。

心臓石を砕いた手ごたえを感じた僕は、そのまま近くにいるもう一体のロプキロソへと泳いで近寄ると、そちらの心臓石も砕く。

剣を鞘に戻してから、倒したロプキロソの尾びれの根元を掴み、そのまま地面へと浮かび上がる。

「ぷはっ！」

影の中から地面へと上がった僕が、倒したロプキロソを引き上げているとハーネ達が寄って来た。

《おかえり～》

《大漁！》

「ふぅ……数が多かったけど、意外と簡単に倒せてよかったよ。あ、レーヌとエクエス、この魔獣って素材とかになる？　もしも欲しい部分があったら捌くよ？」

《いいんですか!?》

《そうだな……こやつの背びれと目、あとは胆のうが欲しい。それらを乾燥させて粉にすれば心臓病を治す魔法薬の高級素材になる》

「そうなんだ！　じゃあ、捌くからちょっと待ってね～」

僕はアーフェレスティス達に倒したロプキロソを一カ所に集めるようにお願いしてから、一体一体を丁寧に捌いていき、素材となる部分をレーヌ達へと渡す。

捌いて素材部分を全て取り出すのに、時間はそれほどかからなかった。

そこへちょうどタイミングよく、ダンジョン内で討伐対象を探していた部隊が戻って来た。

そして僕達がいる場所から二十キロほど離れたところに、腐狼がいるとの情報をくれた。

「よし、それじゃあハーネに大きくなってもらって腐狼のところまで空を飛んで移動しよう」

そう指示を出したところで、僕の服の中に隠れていたイーちゃんがピョンッと外に飛び出して地面に飛び降りる。

トテトテとロプキロソの元へと歩いていく様子を、僕は不思議そうに見届けた。

何をするのかな？

イーちゃんは口をカパッと大きく開けると、捌いて残ったロプキロソをむしゃむしゃと二、三口で食べてしまった。

それも一体だけじゃなくて、置いてあったロプキロソを全部だ。

この光景に、僕だけでなくハーネ達も無言になった。

《ゲプッ、おぃちかった♪》

そう言いながら僕の元に戻って来るイーちゃんは、とても満足そうなお顔だ。

いや……どこにあの魔獣達は消えたんですか？

ハーネとライがイーちゃんの体を突っついていた。

本当に存在自体が謎である。

「イーちゃん、お腹を壊す場合があるかもしれないから、僕がいいと言う魔獣以外食べちゃいけません」

《あぃ！》

お返事は大変よろしい。ここから先は毒系の魔獣が出るなんてこともあるだろうし……本当になんでも食べる癖は直した方がいいかもしれないな……

そんなことを心の中で思いつつ、僕の元に来たハーネに魔法薬を飲んで大きくなってもらってから、ハーネに腕輪から取り出した専用の鞍を取り付ける。

「イーちゃん、移動するよ」

《あぃっ！》

イーちゃんを持ち上げて肩の上に自分から飛び乗るのを確認してから、ハーネに乗る。

地図を出してから、レーヌとエクエスにどの方向へ行けばいいか聞いた。
腐狼を見つけ出した部隊に確認をしたエクエスが、地図の上を飛びながら《この位置にいたようです》と印を付けてくれる。
《ただ、腐狼達は少しずつ移動しているようだったので、早く行かなければ更に距離が開いてしまうやもしれません》
「分かった。ハーネ、それじゃあよろしくね」
《まっかせて～！》
頭の上にライとエクエスを乗せたハーネは翼を広げると、たった一度大きく羽ばたいただけでかなりの高さまで上昇した。
《すごぉーい！》
《私もこれくらい早く飛んでみたいですね！》
《うきゃ～》
まるでジェットコースターに乗っているようであるが、ライとエクエスとイーちゃんはとても楽しそうである。
レーヌがかけてくれた保護魔法のおかげで、重力や風圧から護られているからいいけど……ライが頭の上からいつか飛ばされはしないかとドキドキしてしまう。

進化したハーネの飛行は、以前よりもさらにスピードがアップしているようだからね。

手綱《たづな》を両手で持ちながら下を見れば、かなり小さくなった都市が目に入る。

凄い速さで遠ざかっていくのが分かった。

これなら思っていたより早く着くだろうと頭の中で計算する。

初日に一種でも討伐対象を倒すことが出来たら、かなり幸先がいいんじゃないだろうか？

移動中にもう一度ギルドから渡された書類を確認しておこうと、腕輪から出した書類に目を通す。

《我が主、このダンジョンで気を付けなきゃならないことは何かあるのか？》

書類を見ていると、レーヌがそう聞いてきた。

僕は重要な記載がある部分を指でさして教える。

「このダンジョンは夜がかなり危険らしいんだ」

《危険になる『夜』はいつから始まるのか書いてあるのか？》

「うん。このダンジョンは真っ暗な夜になることはないみたいなんだけど、霧が濃くなって風が吹くのが夜になる合図みたいなんだ」

《……あぁ、このダンジョンは異常なほど無風だと思っていたが、そういう理由があったのか》

レーヌの話によれば、このダンジョンに来てから恒風《こうふう》や飄風《ひょうふう》、山風、海風など『風』というものが一切感じられなかったらしい。

このダンジョンは『夜』になる時にしか、風が出ない仕組みになっているみたいだ。

「それで、ここには風が出たらどんな戦闘も一度中断し、『鍵』を使って速やかに『宿舎』へ避難するようにって書いてある」

《それほど『夜』は危険なのだろうな……ふむ、風が吹き出したら人間である我が主よりも私の方がすぐに気付くであろう。その時はすぐに知らせるとしよう》

「ありがとう。よろしく――って、うわわわ⁉」

レーヌと話している途中、急にハーネがグルングルン回転しだした。

乗っていた僕も目が回る。

振り落とされる心配はないけど、咄嗟に目を閉じて「ぎゃー⁉」と叫びながら手綱をがっちりと握り直す。

心臓が凄い速さで動くのを感じながら、何が起きたのかと目を開ける。

同時に、エクエスが《敵襲ー！》と叫んだ。

ハッとして辺りを見回すと、僕達の周りを数体のガーゴイルに似た魔獣が取り囲んでいた。

手綱を離して『魔獣合成』を起動させ、背中にハーネの翼を生やした。

ハーネの上から浮かびながら、僕は周囲を取り囲む魔獣達に目を走らせる。

ガーゴイルに似た魔獣はレーヌの話によると『ドルディクドー』という名の魔獣で、体が岩のようなもので出来ているらしい。

口から吐く液体を浴びてしまうと、そこが石へと変化してしまうらしく、もしも石化した場合その部分がもの凄く重くなってしまうから、そこだけ注意が必要。

石化解除の魔法薬をかければすぐに治るようなものなので、脅威というほどのものじゃないが、この高さで身体が重くなって落ちたら結構なダメージだ。

それから、攻撃されるとすぐに仲間を呼んでしまって数が増えてしまうのが面倒とのことだ。

ちなみに弱点は頭を砕くこと。

手早く説明してくれたレーヌにお礼を言って、ハーネとライに教える。

ハーネ達の分かったという返事に安心しつつ、一体のドルディクドーへ突撃する。

「それじゃ、仲間を呼ばれる前に倒しきっちゃいますか！」

ドルディクドーが口を閉じて頬を膨らませて、石化する液体を僕にかけようとするが、それより早く、ドルディクドーの眉間に僕の剣の切っ先が刺さり、頭を砕く。

ガシャンッと石が割れる音と同時に剣を引き抜き、近くにいた別のドルディクドーに切りかかる。

《おりゃおりゃおりゃー！》

《落雷召喚！》

少し離れたところでは、ハーネが尻尾を振り回してドルディクドーの頭を粉砕していて、ライも強力な雷を次々に落としている。

三人で攻撃していたら、仲間を呼ぶ隙も与えずにあっという間に倒すことが出来た。

「……はぁ、疲れた」

ホッとしたところで、すぐにまた画面が赤く染まる。

次はなんだ⁉　とタブレットを見れば、まだ僕達がいる場所から離れた位置から魔獣の大群がこちらに向かって来ている表示が現れた。

「て、撤退ー！」と僕は叫びながら地面へと急降下する。

そんな僕の後をハーネとレーヌ、そしてエクエスが慌てて追って来た。

地面に着地する瞬間に翼を何度か動かしてゆっくりと足を着けた僕は『魔獣合成』を解除してから、腕輪の中から気配を消す魔法薬を取り出して、霧吹きのようにシュッシュッと全身にかける。

僕の近くに降り立ったハーネ達にも同じようにかけていく。

「次はライで移動するよ！」

今のままだとまだ僕を乗せて走るには重さで速さが出なくなるので、ライには大きくなってもらった。

体が大きくなったところで、足音を消す魔法薬をライの足にかけてから、体にハーネスに似た鞍をセットして僕は乗り込んだ。

僕が手綱を持つのと同じタイミングで、レーヌがライの頭の上に、エクエスが尻尾近くの腰に降り立つ。

僕の左腕に元の姿に戻ったハーネが巻き付くのを確認してから、「ライ、走って！」と命じる。

何度も画面を確認しながら進行方向を指示する。

目的地よりかなり離れそうになっている場合だけレーヌから《そこは右じゃなく左がよかろう》と案内を修正してもらって走り続ける。

ライに体力回復の魔法薬を飲ませながらぶっ通しで走り続け――魔獣の群れや新たな魔獣をまいて目的地に着いたのは、三時間以上経った頃であった。

《久々にこんなに走ったかも～》

ブンブンと尻尾を振り回すライさんはまだまだ元気そうであるが、むしろ乗っていた僕とレーヌはちょっと疲れていた。

数体くらいの魔獣であれば僕達だって戦って倒す方がいいんだけど……

数が多すぎだ。

倒すのに少しでも手こずったりして時間が長引いたりしたら、他の魔獣が血の匂いなどを嗅ぎつけて遠く離れた場所からでもやって来るのだ。

流石特殊ダンジョンとでも言うべきか、ドルディクドーのような『危険度０～３０』程度の低くて倒しやすい魔獣は少ない。基本『危険度40～60』がほとんどだ。

この危険度は、僕が『傀儡師』や他のアプリなどを使っていない状態での危険度なので、このくらいの表示であれば、アプリを駆使したりハーネ達がいたりすれば普通に倒すことが出来る。

だけど、『危険度70～80』からは危ない。

カオツさん、ケルヴィンさん、ラグラーさんと一緒にダンジョンに行った時、試しにこの危険度の高い魔獣に挑戦してみたことがある。

でも、なんとか怪我を負わせることは出来ても、僕やハーネ達もかなり酷い怪我を負った。

師匠である三人は難なく倒していて、この人達ってどんだけ強いんだよと思ったのも記憶に新しい。

そんなレベルなので、流石に危険度の高い魔獣は、まだ僕では太刀打ち出来そうにない。

こんなうじゃうじゃ寄って来る魔獣達をいちいち相手にしていたら、討伐対象を倒す時間が全く足りない。

《もう大丈夫かな？》

「……そうっぽいね」

画面を見れば、魔獣の群れが僕達とは反対方向へと進んでいた。

僕は深い溜息を吐く。

何が怖いかって、足音や気配、それに途中から匂いまでも消して移動してるのに、魔獣の本能なのか嗅覚が優れているのかはさておき、確実に僕達が逃げる方向へ向かってくることだ。

逃げても逃げても襲われるのって……かなり怖い。

ようやく画面が普通表示に戻ったのを見て、ライの上から降りて地面に着地する。

「今僕達がいる場所が腐狼がいたところらしいけど、やっぱりどこかに移動しちゃったようだね……捜索範囲を最大まで広げても、それらしい反応はないしね」

周囲を見渡せば、まだ朽ち果てた家々がポツポツあるのが見えるが、最初にいた場所よりは自然が多い気がする。

《これほど時間が経っているんだから、仕方あるまい》

《そうですね。『偵察部隊』と『情報部隊』は引き続き腐狼を探してくるのだ！》

エクエスが仲間のアーフェレスティス達に命じると、いつの間に集まっていたのか、僕達の後ろに控えていた彼らが腐狼を探すために再び飛び立っていった。

彼らの調査結果を待つ間、遅い昼食を取りながら休憩する。

「ちょっと準備をするから待っててね」

周囲が木に囲まれていて、上空を飛ぶ魔獣からも見つけられないようなところを選び、そこに一旦しゃがむ。

腕輪の中から、透明な液体が入った瓶と茶色い革袋、長いロープを取り出す。

《主～、何するの？》

僕の腕に巻き付いたままだったハーネが不思議そうな顔でそう言うので、僕は準備をしながら説明してあげる。

「これはね、外で食事をする時に食べ物の匂いとか、僕達の気配とかを消してくれる魔道具だよ」

地面を削りやすそうな石を手に持ち、ガリガリと円を描いて三センチほどの溝が出来るように削っていく。それを終えたら、溝にロープをはめ込むように押し込んでいき、端と端がピッタリとくっ付くようにする。

次に、溝にはめたロープの上から瓶に入った液――魔法薬を垂らすと、ロープが紫色に変色した。

《おぉぉ！》

「これで終わりじゃないんだな～」

色が変化して目を見開くハーネに笑いながら、最後に手に持っていた革袋の口を開く。

中に入っていた白っぽい粉を丁寧にロープの上に振りかけたら、今度は濡れて紫色になっていたロープが綺麗な銀色へと変化したのだった。

《変わった⁉》

「これも魔法みたいだよ」

《へぇぇ》

これは、僕が魔法薬を卸しているリジーさんという獣人さんのお店に行った時、昇級試験のことを伝えたら、「Aランク昇級試験！　そうか、頑張れよ」と言ってプレゼントしてくれた魔道具だ。

この魔道具は、よく暁の皆とダンジョンに行った時に使う『魔避《まよ》けの木《き》』と同じような効果——ロープの周囲には魔獣や魔草が寄ってこない仕組みになっている。ただ、『魔避けの木』は十時間ほど効果が続くのに対し、これは長くても二時間しかもたない。

時間は短くなるけれど、こちらの魔道具は食べ物の匂いが周囲に漂うのを防ぐ効果もあるから、危険なダンジョン内でサッと食事を取る時に重宝されているんだって。

ちなみにこのロープは、はめた地面から取り出すと元に戻るので、再利用が可能。

魔法薬と魔法の粉だけ新しく用意すればいいという便利さだ。

「じゃあ皆、こっちのロープの中に入って来て。ごはんにしよう」

腕輪の中から敷物を取り出して地面に敷き、その上にお尻を下ろして手招きすれば、イーちゃんを咥えたライが僕の横に座る。

レーヌとエクエスも座り、腕に巻き付いていたハーネも《早く食べたいな～》と体を揺らしていた。

「今日のお昼はおいなりさんに、ハムとチーズを挟んだフレンチトースト、皮パリパリマヨチキン、アスパラベーコン巻、ミートボール、卵焼きになります」

皆が食べる量を入れているので、バスケットのサイズはかなり大きい。

レーヌとエクエスには地球産の蜂蜜を出している。

一キロサイズの瓶を渡せば、器用に蓋を開けて中身を手で掬い――パクリと食べ進めている。

羽を震わせながら美味しいと喜んでいた。

《何度食べても、我が主からいただく蜜は別格の美味さよ》

《双王様、美味しゅうございます！》

「お口に合ったようで良かったです」

アーフェレスティスの『偵察部隊』と『情報部隊』の皆さんにも蜂蜜を分けてあげたら、皆喜んでくれた。

恐ろしいダンジョンの中ではあったけれど、皆で昼食を美味しく食べることが出来た。

「よし。それじゃあ、そろそろ腐狼がいる場所へ行こうか」

食べ終えて、少し食休みしたところで、僕は座っていたシートから立ち上がる。

出していた物や地面のロープを腕輪の中にしまいながら、魔法薬とライに取り付ける鞍を取り出す。

「ライ、このダンジョンでハーネに乗って空を飛ぶと、さっきみたいに他の魔獣に襲われる確率が高くなるかもしれないから、移動は主にライに任せたいんだ。大変だと思うけどよろしくね」

《うん、気にしないで！　主の魔法薬を飲めば疲れないいし、大丈夫》

大きくなったライはそう言いながら、甘えるように顔を僕に擦り付ける。

笑いながら鼻先を撫でてあげてから、再びライの背に乗った。

お腹がいっぱいになって眠くなったイーちゃんは、僕の肩から服のポケットの中に移動して、お昼寝に入るようであった。

「それじゃ、今度こそ腐狼の討伐へ出発！」

《《《おー！》》》

『偵察部隊』と『情報部隊』によれば、腐狼は数十頭で固まって同じ場所にいるとのことだ。

移動をしていない今ならすぐにたどり着けるかもしれない。

ライもそのことを知って、先ほどよりも早く走っているようだ。

『情報』のアプリを見る限り、腐った体を持つ腐狼は体液が猛毒とのことだから、絶対にかまれたり体液に触れたりしないようにしなきゃならない。

それ以外は危険なところがそれほどなさそうに見えるけど、群れで動いているようなので、数が多くなる可能性がある。

上下左右、どこから襲われるのか分からないから、討伐時には気を付けなきゃ。

しばらく町の中を走っていると、徐々に舗装《ほそう》された道から何も手入れがされていない砂利道へと変わっていく。

ライが走る速度を上げるごとに、空中に浮かぶ画面の右端に魔獣を示す表示が増える。

「皆、もしも毒を受けたらすぐに僕の元に来ること。あと、弱点がまだ分からないから、分かったら皆に伝達することを忘れないようにね！」

手綱を握りながら皆にそう声をかければ、了解！　と元気な答えが返ってくる。

ついに昇級試験に出てくる魔獣を討伐するのだと、緊張が高まる。

画面に視線を向けると、魔獣達と中央に表示される僕達との距離が、かなり近くなってきていた。

目視でも確認出来る距離になってくると、ハーネとレーヌとエクエスが飛んで、群れを囲い込むような位置へと移動しだした。

僕は毒の効果を一定時間完全に無効する魔法薬と、自作の筋力増強と足を速くする魔法薬を飲んでから――ライの背中から飛び降りる。

自分の足で走り出しながら『魔獣合成』を使って、魔獣『ケイテート』の牙を両腕に施した。

両手の肌が少し透き通ったものへと変化して、爪が伸びる。

『ケイテート』の爪はとても鋭利で、少し触れるだけでも岩をもスパッと切ってしまう。

それから、切った相手を少しの間痺《しび》れさせて動きを止める効果もあるので、今回はそれを使うことにした。

もしも腐狼を剣で切れば毒によって剣が錆びたり、切れ味が悪くなってしまうかもしれないので、その場合に備えて、剣は使わない方向で戦おうというのが僕の考えだった。

腐狼が僕達の存在に気付き、立ち上がって威嚇をする。

「僕以外は毒消しの魔法薬を飲んでいないから、全員離れて攻撃するように！」

僕は使役獣達に指示を飛ばす。

本当は皆にも飲ませれば戦いも簡単なものになったのかもしれないけれど、あいにく使った薬は『使役獣への使用不可』と表示されていた。

僕の指示に、三人は空の上から自分達が得意な魔法攻撃を仕掛けていく。

レーヌやエクエスの仲間である、アーフェレスティス達も戦闘に参加してくれているようで、大きな木の一部や岩を力を合わせて持ち運び、腐狼の頭上から落として潰していた。

怒り狂いながら横一列に並んで僕へと突進してくるのは三匹に見えるが――チラリと画面を見ると、真ん中の腐狼の真後ろにもう一匹いるのに気付く。

あちらが仕掛けるより早く僕が動く。

走りながら足元にある大小様々な石を蹴りつけて顔に当て、前を走っている腐狼の動きを鈍くする。

先頭を走っていた『魔狼』の走りが遅くなると、その真後ろをピッタリくっついて走っていた一匹が弧を描くように大きくジャンプして、口を大きく開けながら僕に飛びかかってくる。

「おっと！」

サッと攻撃を躱すと、耳元で鋭い牙がガチンッ！　とぶつかる音がした。

噛みつき攻撃を避けた僕は、後方に着地した腐狼が体勢を整えるより早く、後ろから首元を押さえ付けて、動きを止めた。

僕の身長以上の大きさがあるから普通の状態では絶対無理だったに違いないが、今は筋力増強魔法薬を飲んでいるから暴れる腐狼を難なく押さえられる。

『魔獣合成』で変化した手の爪を、掴んでいる箇所に突き立てて倒す。

ドサッと地面の上に倒れて動かなくなったが、弱点を切らないと本当の意味で倒せたことにならない。早く弱点を見つけないと……

「うわ、けっこう手に血が付いちゃった」

魔獣の血が手に付着しても無毒化の魔法薬を飲んでいるので、今は問題ない。

けど、空中に浮かぶ画面には魔法薬の効果持続時間を示すタイマーが表示されている。

残り時間は二十分だ。

この時間が切れるまでに弱点を見つけないとマズい。

ちなみにこの無毒化の魔法薬は一度飲んだら最低でも三十分は時間を置いてからじゃないと飲み直しが出来ないという制約がある。効果が切れる前に、体に付着した魔物の毒を全て綺麗にすることも考えると、討伐時間はそれよりさらに短くなる。

先に腐狼達の動きを封じた方が良さそうだ。

二頭は難なく動きを止めるのに成功したんだけど、三頭目はすでに倒れている仲間の状態を見て警戒しているのか、後先考えずに飛びかかってくることがなくなった。

ジリジリとお互いの動きを探るように見つめ合う。

すると、空中にいたレーヌから弱点が見つかったとの報告が入った。

《我が主、尻尾だ！　尻尾の根元から全て切り落とすのだ！》

レーヌの言葉でそちらへ視線を向ければ、ハーネが上空から風の魔法を使って、まずは風圧で腐狼の動きを止めてから、別の風魔法で尻尾を根元から切り離していた。

他の皆が魔法で雷攻撃や炎攻撃をしてどんなにダメージを与えても動けていた腐狼だったが、尻尾を切られた途端そのまま動かなくなる。

「なるほど、尻尾ね」

弱点が分かったからには、他の痺れて動けなくっている腐狼が動けるようになる前に倒しきってしまいたい。

僕が走り出す前に腐狼がこちらへとジグザグに動きながら突進してくる。

凄いスピードで向かってくる腐狼に普通だったら動けないところだったが、『傀儡師』ならそのスピードに難なく反応出来る。

体を少しずらすだけで噛みつきを間一髪で回避した。

そして、振り向きざまに尻尾を切り落とすために手を振り下ろす。

弱点を取られた腐狼は《ギャンッ》と悲鳴を上げたあと、地面へと倒れ——そこからピクリとも動かなくなる。

「よしっ、この調子で残りの腐狼を全て討伐するぞ！」

最初に動きを止めていた魔獣達も同じく尻尾を切り、残りも皆と力を合わせて倒したのだった。

「ふぅ……なんとか時間内に終わらせることが出来た」

腐狼を全て倒し終えた僕は、体に付着した血や体液をハーネの水魔法で流してもらっていた。

レーヌが火魔法で濡れた服や髪を乾かしてくれたあとに、タブレットで毒の無効化時間を確認すれば、ちょうどカウント『0』になったところだった。

「この腐狼ってどこか素材になるのかな？」

《双王様、こやつの涎はそれなりに高く売れるはずです！　それ以外はなにも役に立たないですね》

「あ、そうなの？」

《もし空の瓶があれば、我らが涎を採取いたします！》

「え、いいの？　助かるよ～」

腕輪の中から、魔法薬を入れる空の瓶を多めに取り出し、それを地面に置けばエクエスやアーフェレスティスの皆さんが一瓶ずつ持って採取しに飛んでいく。

こういう作業はアーフェレスティス達が凄く手馴れていた。

自分がやるには毒となる体液に触れないようにしないといけないから大変だったろうな～と思いながら見守っていると、あっという間に作業を終えて彼らは僕の元へ瓶を持って戻って来た。

感謝の言葉を述べながら瓶を受け取り、腕輪にしまう。

空中の画面を見たら、周囲には魔獣の反応が一切ないし、少しはゆっくり出来るんじゃないかな？

そう思っていると、きょろきょろと辺りを見回していたレーヌがハッとしたように叫ぶ。

《我が主！　風が出てきた――夜が来る！》

「うえぇっ⁉」

一難去ってまた一難。

僕の体感ではまったく風があるようには感じなかったんだけど、レーヌが焦ったように言うなら間違いない。腕輪からギルドでもらったアンティーク調の金色のカギを取り出し、「解錠！」と唱える。

すぐさま、僕の手の高さにある空間に金色の光が円を描くように集まり、少しするとそこに『鍵穴』が現れた。

「……ここに鍵を差せばいいのかな？」

恐る恐るといった感じで鍵を差し込むと、チリリリンッとベルが鳴る音がした。

何の音だろうと思っていたら、鍵穴があった場所に変化が現れた。

鍵穴から金色の光が広がると、鍵と同じようなアンティーク調の玄関ドアが徐々に形成されていく。

これはちょっと見覚えがある。

リークさん、ミリスティアさん、アリシアさんと一緒に上級ダンジョンへ行った時に使っていた『宿舎』の扉と一緒なのだ。

あの時の『宿舎』の部屋の中は豪華だったな～と思い出していると、ハーネ達がソワソワしているのに気付く。

「どうしたの？」

《……なんか、嫌な感じがする》

《我が主、急いでその中に入った方がいい》

ハーネとレーヌが僕を急かすように言った。

空中の画面には僕達以外何も表示されていないんだけど、本能的に危機を察知しているのかもしれない。

レーヌが仲間のアーフェレスティス達を元の場所へ魔法で戻したのを見てから、鍵を持つ手を回して解錠する。

カチャンッ、と音がしてから取っ手を押したらドアが開いた。

開いたドアから十歩歩いた先にまた扉があるのが見える。

たぶん、その先が部屋になっているはずだ。

「さ、皆入って」

僕が体を少しずらせば、勢いよく皆がドアの中へと入っていく。

ちょうどその時、ふわりと僕の前髪が風に吹かれて揺れた。

本格的な夜になってきたようなので、慌てて僕も中に入り、振り向いてドアを閉めようとして驚く。

僕が中に入るまではまだ明るかった空が、瞬く間に薄暗くなっていた。

こんな一瞬で変わるのかと思いながらドアを閉め、鍵をかける。

「いやいやいや、あんな急に変わるもん⁉　しかも……」

レーヌが気付いて教えてくれなかったら危なかったかもしれないと思いながら画面を見た瞬間、僕はハッとした。

今の今まで『危険察知注意報』のなんの表示もなかった画面は、扉を閉める寸前に縁まで真っ赤に染まった。

魔獣の存在を知らせる表示が出ていないのに、画面が真っ赤に染まるのは初めてだった。

そろりと画面をタッチすれば、**【※『危険度90〜100』命の危機が迫っています。即刻逃げましょう】**と表示が出る。

「怖っ！」

僕は外へと繋がるドアから離れて、少し先にある扉を開けて『宿舎』へと入った。

中はリークさんが言っていた通り、小さな台所と寝台、バス・トイレ付の部屋だった。

扉を閉めて、真っ先にベッドの上に倒れ込む。

「づかれだぁー……」

試験初日から、まさかこんなに魔獣との戦闘があるとは思ってもみなかったよ……

僕の周りでは、ハーネとライが床で伸びているし、レーヌとエクエスもベッドの上で疲れたように座っている。

うつ伏せの状態からゴロリと回転をして仰向けになる。

チラリと画面を見れば、完全に安全な『宿舎』に入ったからなのか、危険度を示す表示は消えて元の状態に戻っていた。

「……ダンジョンって本当に危険なところなんだな。もっと気を引き締めていかないと」

今回は魔獣を倒した後に『夜』になることに気付いて、すぐに『宿舎』に入れたから良かったけど、これがもしも戦闘中だったらと考える。

「うん、明日ここを出る前に皆で対策を考えておいた方がいいな」

そう思っていると、服の一部が盛り上がって、イーちゃんがピョコンッと顔を出す。

ようやく目が覚めたらしい。

そして、ぐごぎゅる〜と盛大にお腹を鳴らした。

《おにゃか、すいちゃ》

「あははっ、そうだよね。目が覚めたらお腹が減っちゃうよね」

緊張で張り詰めていたものが、イーちゃんとの会話で消えた。

うん、うちの末っ子魔獣はどんな時も変わらず可愛い。

ベッドから起き上がって、夕食の準備でもしようかと少し幅の狭い台所に向かった。

途中、床でダラ～っと伸びているハーネとライを抱き上げて、ベッドの上に置く。

疲れてるだろうから、夕食が出来るまでゆっくり休んでてね。

「さってと……何を食べようかな？」

台所に立ちながら、『レシピ』や『ショッピング』を見たりして本日の夕食を選んでいく。

今日はガッツリ食べて英気を養いたいと思う。

「うん、今日はこれにしよう！」

『ショッピング』でインスタントラーメンと餃子を購入し、その他に一品、丼飯《どんぶりめし》を作る。

まずは丼飯――『ヤンニョムポークの旨辛丼《うまからどん》』を作る。英気を養うには肉だよね。

腕輪の中から豚肉に似た魔獣のお肉を取り出して、一口サイズにカットしてから塩胡椒を振る。

それから片栗粉を入れて揉みこむ。

熱したフライパンに油を入れ、色が付くまでお肉を焼く。

ある程度焼きあがったら、コチュジャン、ケチャップ、砂糖、醤油、酒、すりおろしニンニクを混ぜた調味料を入れ、なじませる。

部屋全体に甘辛い匂いが立ち込めると、匂いにつられた使役獣達が僕の側にやって来る。

《いい匂い！》
《美味しそう！》
《ふむ……なんとも不思議な匂いだ》
《双王様がお作りになる食事は全て美味です！》
《たべりゅ！》
興味深げに使役獣達が口々に言った。
「はいはい、まだちょ～っと待っててねー」
腕輪から皆の分の丼と卵、ラップで包んだごはんを取り出す。
ごはんは、出来立てのものをラップに包んですぐに腕輪に入れると、そのままの状態が維持される。
つまり出来立ての美味しいごはんを食べることが出来るのだ。
ラップに包んでいたごはんを丼に入れ、その上から作ったヤンニョムポークをのせて白ごまをふりかけ、卵黄をのせたら完成だ！
それから次のメニュー作りに取りかかる。
今日はこれで終了じゃない。
少し大きめの鍋に水を入れてコンロに置き、沸騰したら『ショッピング』で購入したインスタントラーメンを湯がいていく。

生麺のインスタントラーメンはあっさりにしようか、こってり系にしようか迷ったんだけど、こってり系を食べて明日お腹が痛くなっても困るので、あっさりの塩ラーメンにした。

それから、冷凍餃子。こちらは大皿にのせてハーネに温めてもらう。

インスタントラーメンは、入っていた袋に書かれていた手順通りに作った。

「よし、出来たよ〜！」

床にランチョンマットを敷いて、ハーネとライ、イーちゃんの分を置く。

テーブルの上には僕とレーヌ、エクエスの分を置いて食べる準備をする。

コップの中に冷たいお茶を注ぎ、「それじゃ、いただきまーす！」と手を合わせると、室内に皆の《いただきまーす！》の声が響いた。

「ふぅー、ふぅー、ズルルルッ……うん、美味い」

ラーメンも餃子もいつ食べても美味しい。

ヤンニョムポークも一口食べて、これもなかなかいい味をしていると頷く。

皆も一心不乱に食べている。

それから食事を終えた僕達は、部屋でそれぞれ好きなことをして過ごしていた。

ハーネとライはイーちゃんとおしゃべりしていたし、エクエスは自分の武器の手入れをしていた。

そんな中、レーヌは僕にこのダンジョンについて話しかける。
《我が主、初日に討伐対象を捕らえることが出来たのは、上出来だと思う》
「そうだね……でも、魔獣達が戦いを嗅ぎつけるとすぐに寄ってくるから、戦闘は長引かせちゃダメだなって思ったね。それから、いつ襲撃が来てもいいように、すぐ次の戦闘準備をするのを明日から徹底した方がいいかも」
《確かに》
試験期間は二十日ほどあるけど、今日のようにサクサク目的の魔獣を討伐出来るとは限らない。なるべくジンクヴィーダーとタッティユは早めに討伐してしまいたい。
最後の二種類――チュリートリーとダールウィルグスは、『情報』で確認出来ないレベルだから、もしかしなくても手こずる可能性が高い。
しかもこの二つは、今いる表層階じゃなくて中層階にいるらしいし、ここより難度が上がるだろう。
絶対強いでしょ。
《しかし、このダンジョンの『夜』は本当に突然来る感じだな。ちょっとでも気付くのが遅ければかなり危険になる》
「そうだね」

表層階でこんな感じであれば、危険度が上がる中層階ではより注意しなければならない。

『夜』になった時に吹く風が何時頃に発生するのかも、ちゃんと時間を計ってなるべく把握しておきたい。

地上と違って、ダンジョンの中は朝昼晩の時間が全く同じ間隔で来ない場合がもあると聞くし……

《そうですね。そして、昼以降は私が常に我が主の側にいます。そうすれば『風』が来たことをすぐにお伝え出来るので》

「うん、そうしてもらえたら助かるよ」

レーヌはある程度話すと、明日の準備をすると言って離れていった。

それから少しして、皆で就寝の準備を終えると部屋の明かりを消した。

明日の討伐の為に睡眠はしっかりとらないと。


——翌日。

早く起きて朝食の準備をして、皆で美味しくいただく。

少し休んでから、外に出る用意を始めた。

アプリを使っている間に消費する魔法薬は、自動で補充されるようになっているからいいけど、それ以外に使う魔法薬は別途用意しなきゃならない。

使えそうな魔法薬は調合して作ったけど、僕が作るより『ショッピング』で購入した方が良さそうなものは、高額だとしても迷わず買った。

それから余計な戦闘は避けたいので気配や足音、匂いを消す魔法薬は予備を多く準備する。

効果が切れたらすぐにかけ直すようにハーネ達にも伝えた。

あと、ハーネは空を飛んで周囲の状況を確認するには体の色が目立ち過ぎてしまい、他の魔獣の目について攻撃されてしまう恐れがある。なので、そういう作業はレーヌやその配下に任せようということになった。

彼らの大きさなら飛んでいても目立たないし、数も多いから周囲の状況を正確に把握することも出来る。

何より一番大事なのは、『自分の命』だ。

これは使役獣達に念入りに伝えた。

ヤバい奴がいたら、迷わず『撤退』あるのみ！

これにはハーネ達が、深々と頷いていた。

外に繋がるドアを少し開けて、レーヌに風が止まって『朝』になっているのか確認してもらう。

レーヌが周囲の気配を確認した後、僕の肩に止まった。

《外に出ても大丈夫だ》

その言葉で、僕はドアを大きく開ける。

「よっし！　それじゃあ、二日目行きますか～！」

こうして、再び昇級試験が始まった。

【『Aランク昇級試験内容』】

ダンジョン――『王無き慟哭の廃墟』

1『ジンクヴィーダー』の討伐三体。

2『タッティユ』の討伐五頭。

3『腐狼』の討伐五頭。　　　　討伐済み

4『チュリートリー』の討伐五頭。

5『ダールウィルグス』の討伐一体。

残る討伐対象は、あと四種類だ。

チートなタブレットを持って快適異世界生活
1～3
COMFORTABLE LIFE IN ANOTHER WORLD WITH CHEAT TABLETS
原作 ちびすけ
漫画 宝乃あいらんど
コミックス好評発売中!
タブレットを駆使して
異世界を大満喫!!
どこにでもいる平凡な青年・山崎健《ヤマザキケン》斗《ト》は、気がつくとタブレットを持ったまま異世界転生していた！ タブレットのアプリを駆使して異世界を生きていくケント。やがて彼が辿り着いたのは、個性豊かなメンバーが揃う冒険者パーティ『暁』だった——。タブレットのおかげで家事にサポートに大活躍！ 仲間に愛され&快適異世界ライフここに開幕!!
◎B6判 ◎各定価：748円（10%税込）
Webにて好評連載中！
アルファポリス 漫画
検索

とあるおっさんのVRMMO活動記
1~27
椎名ほわほわ
Shiina Howahowa
アルファポリス第6回ファンタジー小説大賞読者賞受賞作!!
累計150万部突破の大人気作
(電子含む)
TVアニメ
2023年10月放送開始!
CV
アース:石川界人
田中大地:浪川大輔
フェアリークィーン:上田麗奈
ツヴァイ:畠中祐 / ミリー:岡咲美保
監督:中澤勇一 アニメーション制作:MAHO FILM
超自由度を誇る新型VRMMO「ワンモア・フリーライフ・オンライン」の世界にログインした、フツーのゲーム好き会社員・田中大地。モンスター退治に全力で挑むもよし、気ままに冒険するもよしのその世界で彼が選んだのは、使えないと評判のスキルを究める地味プレイだった!――冴えないおっさん、VRMMOファンタジーで今日も我が道を行く!
●各定価:1320円(10%税込)
●illustration:ヤマーダ
1~27巻好評発売中!!
漫画:六堂秀哉
●各定価:748円(10%税込) ●B6判
コミックス1~10巻好評発売中

没落した貴族家に拾われたので
恩返しで
復興させます
六山葵
Aoi Rokuyama
魔法の才で偉くなって
没落した実家を
立て直そう!
悪魔にも愛されちゃう
少年の王道魔法ファンタジー!
あくどい貴族に騙され没落した家に拾われた、元捨て子の少年レオン。彼の特技は誰よりもずば抜けた魔法だ。たまに夢に見る不思議な赤い本が力を与えているらしい。才能を活かして魔法使いとなり実家を立て直すため、レオンは魔法学院に入学。素材集めの実習や友人の使い魔(猫)捜し、寮対抗の魔法祭……実力を発揮して、学院生活を楽しく充実させていく。そんな中、何かと絡んできていた王国の第二王子がきっかけで、レオンの出自と彼が見る夢、そして魔法界の伝説にまつわる大事件が発生して——!?
●定価:1320円(10%税込)　●ISBN 978-4-434-32187-0　●illustration:福きつね
没落した貴族家に拾われたので
恩返しで
復興させます
六山葵
家はボロ小屋
没落した実家を
立て直そう!
アルファポリス

勇者召喚に巻き込まれて死んでしまったワタルは、転生前にしか使えないはずの特典「チュートリアルスキル」を持ったまま、8歳の少年として転生することになった。そうして彼はチュートリアルスキルの数々を使い、前世の飼い犬・コテツを召喚したり、スライムたちをテイムしまくって癒しのお店「ぽよんぽよんリラックス」を開店したり——気ままな異世界生活を始めるのだった!?

●定価：1320円（10%税込）　●ISBN 978-4-434-32194-8
●Illustration：もちつき うさ

工芸職人《クラフトマン》はセカンドライフを謳歌する

鈴木竜一
Ryuuichi Suzuki

天才工芸職人の
のんびり
プチ隠居ライフ、
開幕！

ブラック商会を
クビになったので

DIYに 旅行に 畑いじり!?
好きなことだけで生きていく

前世の日本でも、現世の異世界でも、超ブラックな環境で働かされていた転生者ウィルム。ある日、理不尽に仕事をクビにされた彼は、好きなことだけしかしないセカンドライフを送ろうと決めた。簡素な山小屋に住み、好きなモノ作りをし、気分次第で好きなところへ赴いて、畑いじりをする。そんな最高の暮らしをするはずだったが……大貴族、Sランク冒険者、伝説的な鍛冶師といったウィルムを慕う顧客たちが彼のもとに押し寄せ、やがて国さえ巻き込む大騒動に拡大してしまう……!?

●定価：1320円（10%税込）●ISBN978-4-434-32186-3

●Illustration：ゆーにっと

アンデッドに転生したので日陰から異世界を攻略します
Fukami Sei
深海 生
不死者だけど楽しい異世界ライフを送っていいですか?
社畜サラリーマン、転生したらゾンビになっちゃった!?
過労死からの不死議な冒険!?
社畜サラリーマン・影山人志(ジン)。過労が祟って倒れてしまった彼は、謎の声【チュートリアル】の導きに従って、異世界に転生する。目覚めると、そこは棺の中。なんと彼は、ゾンビに生まれ変わっていたのだ! 魔物の身では人間に敵視されてしまう。そう考えたジンは、(日が当たらない)理想の生活の場を求め、深き樹海へと旅立つ。だが、そこには恐るべき不死者の軍団が待ち受けていた!
●各定価:1320円(10%税込) ●ISBN 978-4-434-31741-5 ●illustration:木々 ゆうき
日陰限定ですが、異世界で好きに生きます!

この作品に対する皆様のご意見・ご感想をお待ちしております。

おハガキ・お手紙は以下の宛先にお送りください。

【宛先】

〒150-6008 東京都渋谷区恵比寿 4-20-3 恵比寿ガーデンプレイスタワー 8F
（株）アルファポリス　書籍感想係

メールフォームでのご意見・ご感想は右のＱＲコードから、
あるいは以下のワードで検索をかけてください。

アルファポリス　書籍の感想　検索

ご感想はこちらから

本書は Web サイト「アルファポリス」（https://www.alphapolis.co.jp/）に投稿されたものを、改題・改稿のうえ、書籍化したものです。

チートなタブレットを持《も》って快適《かいてき》異《い》世界《せかい》生活《せいかつ》7

ちびすけ

2023年 6月30日初版発行

編集－小島正寛・仙波邦彦・宮坂剛
編集長－太田鉄平
発行者－梶本雄介
発行所－株式会社アルファポリス
〒150-6008 東京都渋谷区恵比寿4-20-3 恵比寿ガーデンプレイスタワー8F
TEL 03-6277-1601（営業）　03-6277-1602（編集）
URL https://www.alphapolis.co.jp/
発売元－株式会社星雲社（共同出版社・流通責任出版社）
〒112-0005東京都文京区水道1-3-30
TEL 03-3868-3275
装丁・本文イラスト－ヤミーゴ（http://www.asahi-net.or.jp/~pb2y-wtnb/）
装丁デザイン－AFTERGLOW
印刷－中央精版印刷株式会社

価格はカバーに表示されてあります。

落丁乱丁の場合はアルファポリスまでご連絡ください。

送料は小社負担でお取り替えします。

ISBN 978-4-434-32184-9 C0093